藤白 圭

謎が解けると怖い ある学校の話

260字の戦慄【闇】体験

「怖い場所」超短編シリーズ

主婦と生活社

謎が解けると怖いある学校の話

260字の戦慄【闇】体験

目次

主な登場人物

宇良和色乃学園の生徒たち

赤名衣斗《あかないと》

幸代、瑤子、絵里奈とクラスメイト。郷田とは幼なじみ。明るくて、まじめな性格。とくに絵里奈と仲が良く、絵里奈の恋の相談に乗ったりもしている。

福士夕菜《ふくしゆうな》

髪の長い、謎の女子生徒。いつも気配を感じさせず、さりげなく幸代のまわりに現れる。幸代と同じクラスのようだが、幸代や瑤子以外の生徒と話をするところをあまり見かけない。担任の福士と名字が同じため、なにかしら関係があるのかもしれない。小山田や郷田などからは、謎の美少女と噂されている。

臼井幸代《うすいさちよ》

宇良和色乃学園高校一年生。おとなしいタイプで、学校では、調理部に所属。瑤子、衣斗、絵里奈たちとクラスメイト。あることがきっかけで一年先輩の小山田の彼女となるが、それが原因で、イジメの対象になってしまう。

若石瑤子《わかいしようこ》

高校一年生。幸代、衣斗、絵里奈たちとクラスメイト。おっちょこちょいなところがあるいっぽうで、潔癖な一面がある。小山田とは幼馴染で、中学校時代の先輩後輩の関係。以前から、小山田にずっと片想いをしている。

岡絵里奈《おかえりな》

幸代、瑤子、衣斗とクラスメイト。いたずらっ子な一面が。勉強もスポーツも得意。夏の頃から、ある男性に恋心を抱き始める。

小《お》山《やま》田《だ》 翔《しょう》

高校二年生。剛史と同じクラスで、友達。軽音部に所属。ギターが得意で、作詞作曲も手掛ける。クールな性格。学内の女子生徒から人気のモテ男子。幸代と付き合い始める。

郷《ごう》田《だ》剛《つよ》史《し》

高校二年生。小山田と同じクラスで友達。サッカー部に所属する部のエース。日頃から真面目に部活に取り組んでいる。気さくで明るい性格で、男女を問わずに好かれている人気者。

宇良和色乃学園 関係者

富《ふ》士《じ》田《た》朗《ろう》司《し》

宇良和色乃学園の理事長兼学園長。学園を創立した初代学園長である才念和尚の子孫。才念和尚が苦労して創立した学園の規律と歴史を守るために、厳しい目で生徒たちを見守っている。今年は、学園創立百二十五周年記念行事と、二十五年ぶりの大規模修繕工事の準備に追われている。

福《ふく》士《し》雄《ゆう》大《だい》

幸代たちのクラスの担任。サッカー部顧問。エピソードが進むなかで、二十五年前に学園内で起きた火災で亡くなった女生徒と姉弟だったことがわかる。姉の死の真相を知っており、その事件の関係者に強い怒りを持ち続けている。どうやらこの春、当時学園にいた生徒の子どもたちが入学してきたようだ。夕菜との関係は不明。

才《さい》念《ねん》和《お》尚《しょう》

宇良和色乃学園を創立した初代学園長。百二十五年前、お寺の住職だった才念和尚は、ある事件がきっかけで、それまでの寺と墓場を埋め立て、宇良和色乃学園を創立。学園を創設する際には、想像を絶する苦労と犠牲を払ったと言い伝えられている。その犠牲が、いまも霊となって現在の学園内に現れるとの噂も……。

STORY 001

新たな門出

真新しい制服に身を包み、臼井幸代《うすいさちよ》は校門の前で立ち止まった。

『宇良和色乃学園《うらわいろのがくえん》』と書かれた校名プレートを確認し、期待と不安に胸をふくらませる。

心を落ち着かせようと、大きく息を吐《は》く。

顔を上げれば、青空と桜の淡《あわ》いピンクのコントラストが視界いっぱいに広がった。

新しい門出を祝うかのような華《はな》やかな彩《いろど》りが勇気を与《あた》えてくれる。

「満開の桜に出迎《でむか》えられて幸せだわ」

口元を綻《ほころ》ばせ、視線を下げる。

足元には無数の花びらでできたカーペットが校門の奥《おく》へと幸代を誘《さそ》う。

「よし。頑張《がんば》るぞ！」

幸せ色を一歩一歩踏《ふ》みしめるたびに、心躍《おど》らせた。

校門周辺には桜が満開に咲《さ》いている。
それなのに、何故《なぜ》、足元に無数の花びらが落ちているのだろうか？
「不合格」や「死」にたとえられることもある
桜の花びらのカーペットに誘われた語り手の行く先には、
いったい何が待ち受けているのだろうか。

STORY 002

スタートが肝心《かんじん》

入学式だというのに寝坊《ねぼう》した。
急いで支度《したく》し、学校へ走る。
美しく咲《さ》き誇《ほこ》る桜の歓迎《かんげい》を受けながら、校門を駆《か》け抜《ぬ》けた。
昇降口《しょうこうぐち》で自分のクラスを確認するが、教室の位置がわからない。
廊下《ろうか》でウロウロしていると、背後から声をかけられた。
「おーい、若石《わかいし》。君の教室はこっちだぞ」
穏《おだ》やかな声に振《ふ》り返ると、優しそうな先生が案内してくれる。
まだ予鈴《よれい》は鳴っていない。
新たな学校生活のスタートに出遅《でおく》れずに済んだ。
私は明るい笑顔で教室に入った。

若石は新入生。しかも、入学式なので、若石と教師は初対面。
それなのになぜ、教師は背後から若石のことがわかり、
名前を呼べたのだろうか。
教師が、若石のことを入学前から調べて、
監視《かんし》していたのかもしれない。

STORY
003

運命の日

講堂内は厳粛《げんしゅく》な雰囲気《ふんいき》に包まれていた。

なんだか居心地が悪くてソワソワする。

周囲を見渡《みわた》せば、みんな、まっすぐ壇上《だんじょう》を見つめていた。

学園長の式辞を一言一句聞き洩《も》らさないよう真剣《しんけん》な表情だ。

まじめだなと思いつつ、知っている顔はいないかと、ひとりひとり確かめる。

すると、かすかに残る面影《おもかげ》に懐《なつ》かしさを覚える顔を見つけた。

「もしかして……」

ドキドキしながら、入学許可で呼ばれる名前に神経を集中させる。

「これって運命かも」

思っていた通りの響《ひび》きに、思わず顔が綻《ほころ》んだ。

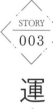

壇上をまっすぐ見つめている生徒たちの顔を確認できるのは、
壇上からだけ。しかし、壇上では学園長が式辞を述べている。
語り手はいったいどこから見ているのだろうか。

STORY 004

トップバッターのメリット

昇降口《しょうこうぐち》に貼《は》りだされた紙を見る。
一年五組の生徒、三十五人の名が書かれた紙の一番上に『赤名衣斗《あかないと》』の名があった。
名簿《めいぼ》番号の順番はたいてい五十音順だ。
それは高校に入学しても変わらない。
思えばほとんど一番だった。
最初のうちは、それが物凄《ものすご》く嫌《いや》だったけれど、何度も続けば慣れてしまう。
むしろ、緊張《きんちょう》することは先に済ませてしまったほうが、後が楽だ。
トップバッターで自己紹介《しょうかい》を終え、すぐさまノートとペンを取りだす。
顔と名前を覚えながら、三十五人分の性格や特徴《とくちょう》をメモしていく。
これで友達作りの下地はバッチリだ。

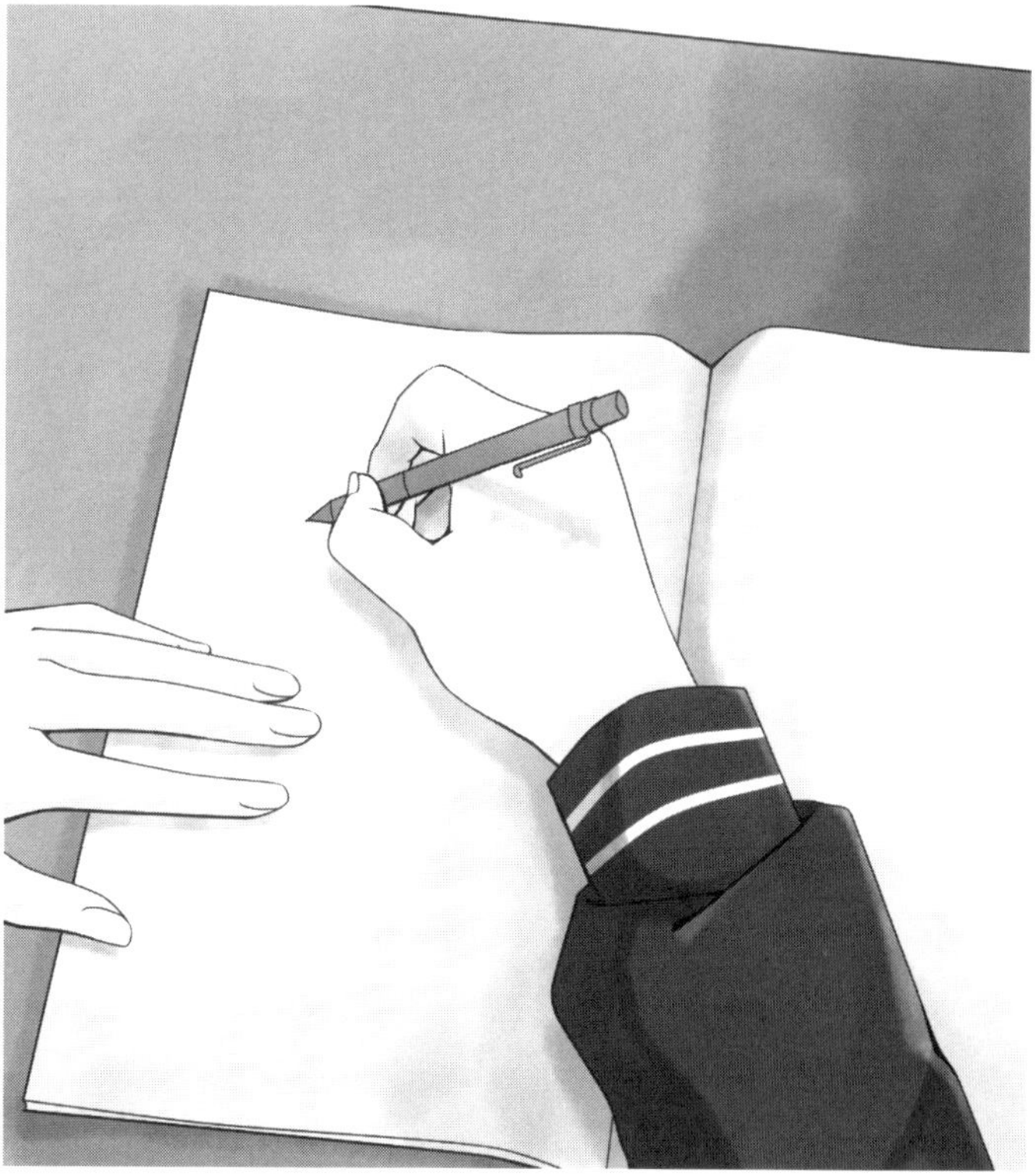

一年五組の生徒は衣斗をいれて三十五人。
けれど、衣斗は自分の自己紹介《しょうかい》を終えたあと、三十五人分の
自己紹介を聞いている。つまり、クラスメイトが一人多い。
実際に生徒が一人多ければ、担任が気がつかなければおかしい。
誰《だれ》にも気がつかれることなく、シレッと紛《まぎ》れ込《こ》んでいる存在に
ゾッとする。

STORY
005

触《ふ》れないで

休み時間になり、トイレに行こうと席を立つ。
すると、隣《となり》の席に座る福士夕菜《ふくしゆうな》が「私も行く」と言ってついてきた。
たわいもない話をしながらトイレに向かう。
トイレは運よく空《す》いていた。
さっさと用を足して個室をでる。
手を洗い、鏡を見ながら身だしなみを整えていると、急に肩《かた》を叩《たた》かれた。
「おまたせ」
振《ふ》り返ると、夕菜がヘラリと笑っている。
親しき仲にも礼儀《れいぎ》ありだ。
「肩に触れるのは手を洗ってからにしてよ」と若石瑤子《わかいしようこ》は注意した。

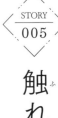

鏡を見ながら身だしなみを整えているのであれば、
振り向かなくても肩を叩いた相手はわかる。
つまり、夕菜は鏡に映っていない。

STORY
006

生徒を見守る肖像画《しょうぞうが》

すべての教室に、初代学園長・才念和尚《さいねんおしょう》の肖像画が飾《かざ》られている。
教室内を見渡《みわた》せるよう廊下《ろうか》側の窓の上に飾られた肖像画は、険しくも凛々《りり》しい表情だ。
いいように言えば威厳《いげん》がある。
逆に言えば、睨《にら》みを利《き》かせている。
人の「目」には迷惑《めいわく》行為や犯罪の抑止《よくし》に効果があるという。
そういった面でも、肖像画は大きな役割を果たしている。
目が大きくあいているせいか、強い視線を感じる。
見られていると思うと、何故《なぜ》か緊張《きんちょう》するものだ。
授業をサボったり、休み時間にバカ騒《さわ》ぎをするような生徒はほとんどいない。
生徒一人一人を見守りたいという才念和尚の意志が、肖像画を通じて伝わってくる。

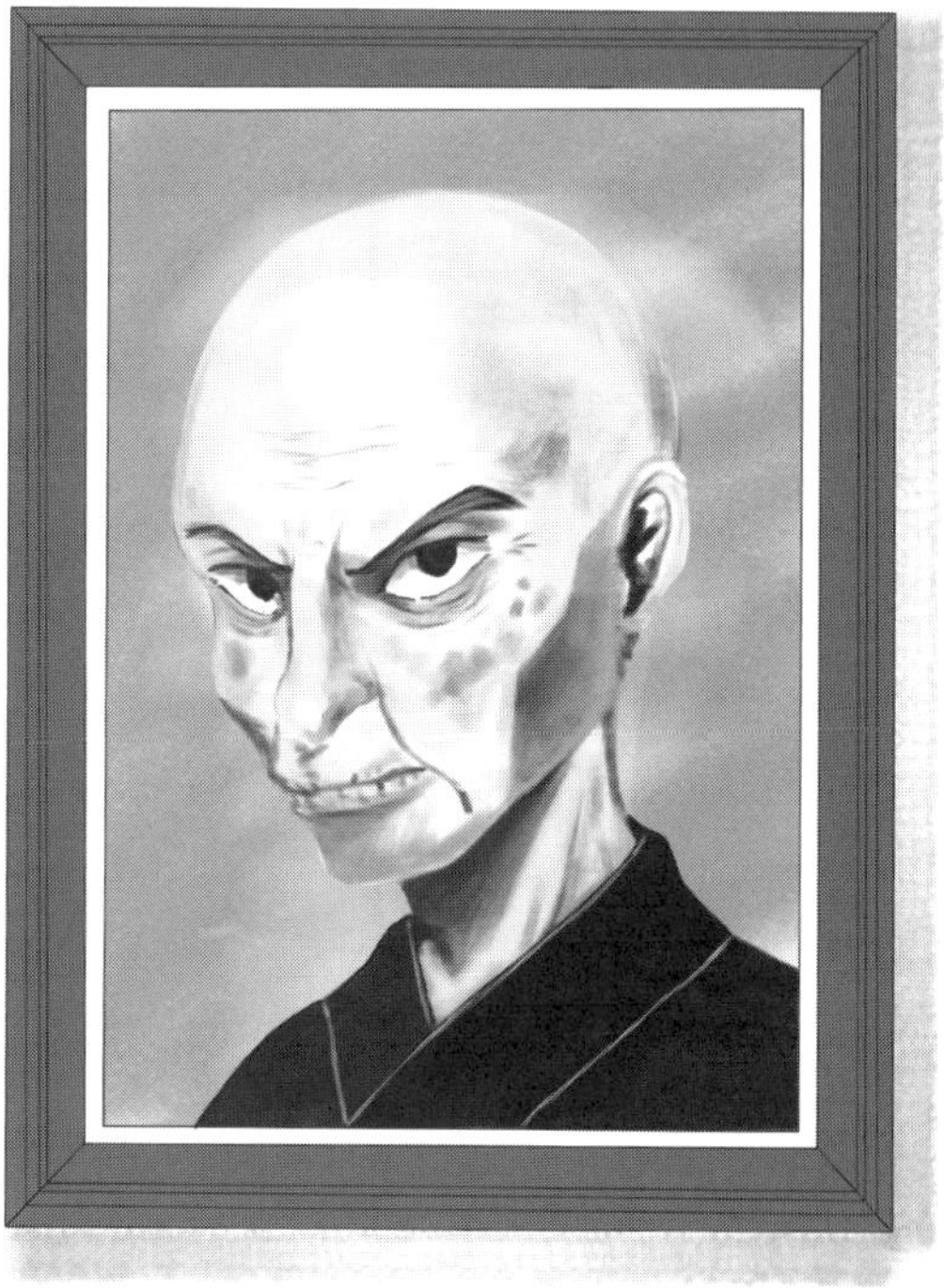

大きくあいた目というのは、才念和尚の肖像画の目の部分が実際に大きく空いているということ。つまり、誰《だれ》かがこの穴から生徒たちを見守る（監視《かんし》する）ための仕掛《しか》けを施《ほどこ》したようだ。

STORY
007

遺伝《いでん》

グループ学習で、宇良和色乃《うらわいろの》学園の歴史について調べることになった。

「才念和尚《さいねんおしょう》って自腹でこの学園を作ったんでしょ？　凄《すご》すぎる！」

「まっすぐな人で、村人からの信頼《しんらい》も厚かったみたいだし。今でいうスパダリじゃん」

「愛妻家《あいさいか》だったっていう話を聞いたけど、奥《おく》さんの話は全然でてこないね」

「もしかしたら、教育に人生を費やしたせいで、奥さんに逃《に》げられたとか？」

「つまり、この学園の繁栄《はんえい》は、才念和尚の自己犠牲《ぎせい》のお陰《かげ》ってわけか」

資料を読みながらみんなで盛り上がっていると、背後から声をかけられた。

「多くの犠牲を払《はら》ったことは間違《まちが》いありませんが、さすがに自腹ではないですよ」

才念和尚の子孫である学園長によって、美談ではなく、真実が語られる。

学園長は、才念和尚のまっすぐな性質を受け継《つ》いでいるんだなと感じた。

自腹ではないということは、多くの犠牲を払ったのは、才念和尚ではなく、別の人たち。愛妻家なのに、妻《つま》の話がないという時点で、少なくとも、妻は犠牲になっているようだ。

STORY 008

熱く燃える

席替《せきが》えで窓際《まどぎわ》の一番うしろの席になった。

日当たりがいいし、目立たない場所なので、午後の授業は眠《ねむ》くなる。

うつらうつらしていると、窓の外が騒《さわ》がしくなった。

体育の授業中なのだろう。

寝《ね》ぼけ眼《まなこ》で校庭を見下ろすと、みんな必死の形相《ぎょうそう》で走っていた。

「うわ。みんな燃えてんな」

あまりにも熱い光景に、驚《おどろ》きの声をあげる。

「そんなに外が気になるんなら、郷田《ごうだ》くんも仲間に入れてもらうかい？」

先生から注意され、俺《おれ》は慌《あわ》てて首を横に振《ふ》る。

授業が終わり、再び窓の外を見れば、あっという間に静寂《せいじゃく》が広がっていた。

語り手は、実際に人が燃えて、逃《に》げている光景を目にしていた。先生の態度や、授業後の校庭には静寂が広がっていることから、語り手が見たものは幻《まぼろし》や幽霊《ゆうれい》なのかもしれない。

STORY
009

いたずら

下駄箱《げたばこ》で靴《くつ》に履《は》き替《か》えていると、一緒《いっしょ》に帰る約束をしていた衣斗《いと》が忘れ物に気がついた。

慌《あわ》てて教室へ忘れ物を取りに戻《もど》る衣斗のあとを、岡絵里奈《おかえりな》はこっそり追いかける。

テスト週間なので、教室の中には衣斗しかいない。

机の中を確認している衣斗を、背後から驚《おどろ》かす。

「わっ」

「きゃあっ」

すぐさま走って逃《に》げたあと、下駄箱で待機する。

十分ほど経《た》ってようやく衣斗が戻ってきた。

「絵里奈ってば扉《とびら》を強く閉めすぎだよ。中々開かなくて困ったんだからね」

涙目《なみだめ》で怒《おこ》る親友を見て、いたずらはほどほどにしようと反省した。

絵里奈が衣斗に気づかれずに背後まで忍《しの》び寄れたということは、
教室の扉は開いていたはずだ。
その後、絵里奈が扉を閉めた描写《びょうしゃ》はない。
教室の扉は誰《だれ》が閉めたのだろうか？

STORY 010

美しい旋律《せんりつ》に誘《さそ》われて

放課後、軽音部の部室へ行く途中《とちゅう》、音楽室からピアノの音が聞こえてきた。
聴《き》いたことのない曲だが、なぜだか妙《みょう》に気になる。
小山田翔《おやまだしょう》は行き先を変更《へんこう》し、音楽室へ向かう。
音楽室には見知らぬ女子生徒が一心不乱にピアノを弾《ひ》いていた。
翔の視線に気がついたのか、女子生徒がハッとしたように顔をあげた。
黒目がちの澄《す》んだ瞳《ひとみ》に射貫《いぬ》かれて、翔は言葉を失い、彫刻《ちょうこく》のように固まった。
その隙《すき》に女子生徒は翔の横をすり抜《ぬ》けるようにして逃《に》げてしまった。
たった一瞬《いっしゅん》、目が合っただけなのに、鮮烈《せんれつ》な印象が残る。
翔は鍵盤蓋《けんばんふた》を開け、今耳にした曲を弾きながら、即興《そっきょう》で歌詞をつけて歌う。
名も知らぬ女子生徒に想《おも》いを馳《は》せながら。

翔はピアノを弾いていた女生徒が逃げ去った直後、
鍵盤蓋を開けてピアノを弾いている。
女子生徒は鍵盤蓋を開けずにどうやって
ピアノを弾いていたのだろうか？

STORY
011

きっかけ

名前も知らない貴女《あなた》にお礼が言いたい。

あの日、渡《わた》り廊下《ろうか》で蹲《うずくま》っていた貴女に声をかけた。

綺麗《きれい》な黒髪《くろかみ》を耳にかけながら、貴女は顔をあげたよね。

どこか浮世離《うきよばな》れした雰囲気《ふんいき》にドキリとしたの。

「これ、二年五組の小山田《おやまだ》くんが落としたみたい」

差し出されたのは、ティアドロップ形のマーブル模様をしたピックだ。

「私、急いでいて……申し訳ないんだけど、渡してもらえるかな？」

初対面なのに何故《なぜ》かそんな気がしなくて、私は貴女のお願いをきいたんだ。

それがきっかけで私、彼《かれ》と付き合えたの。

ありがとう。

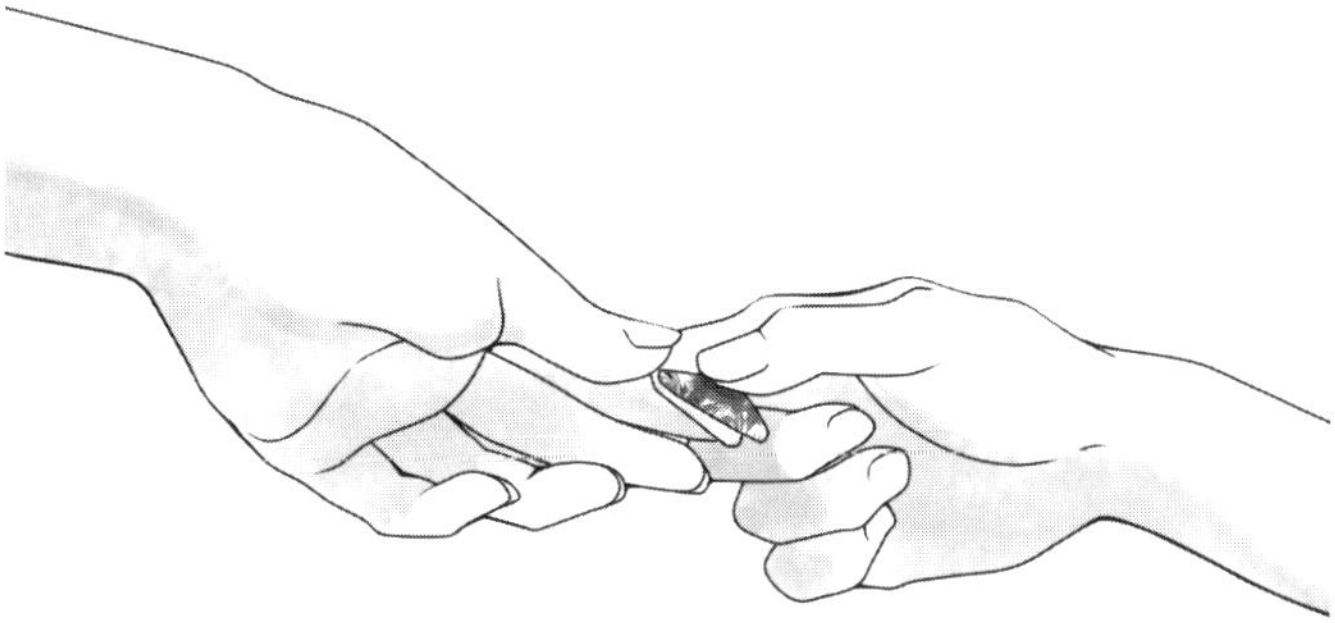

学校生活で、バンドや部活動以外でピックを目にすることはほとんどない。しかも、名前も書かれていないのに、拾った女子生徒は何故、小山田のものだと知っていたのだろうか。小山田のストーカーだとしたら、わざわざ語り手から小山田にピックを渡してというのはおかしい。語り手と小山田に接点を持たそうとしているのであれば、その意図がわからないだけに怖《こわ》すぎる。

STORY
012

みんなでランチタイム

新緑の頃《ころ》。

青空の下で食べるお弁当はおいしい。

「それ、幸代《さちよ》が作ったの？」

「そうだよ。よかったら食べる？」

手作りのお弁当を褒《ほ》められ、一口あげる。

「え、この唐揚《からあ》げ、めっちゃくちゃおいしい！」

その一言につられるようにして、みんなが私のお弁当をつつきだす。

みんなが喜ぶ姿を見て、多めに作ってきた甲斐《かい》があったとホッとする。

ふと見ると、衣斗《いと》だけは黙々《もくもく》と自分が持ってきたおにぎりだけを食べていた。

せっかくなので、私は自慢《じまん》の唐揚げを衣斗の口に放り込《こ》んだ。

衣斗が遠慮《えんりょ》していたわけではなく、小麦粉や鶏肉《とりにく》等のアレルギーが理由で語り手のお弁当に手を出さずにいたとしたら、このあと大変なことになっているだろう。

STORY 013

学級写真

学級写真の撮影《さつえい》で、剛史《つよし》は悪戯《いたずら》で隣《となり》に立つ翔《しょう》の肩《かた》にさりげなく手首を乗せた。

「よくある心霊《しんれい》写真っぽく写っているといいけど……」

クラスメイトの反応を期待して、剛史は出来上がりを楽しみにした。

五月に入り、出来上がった写真が黒板の横に貼《は》りだされる。

注文書に名前を書こうとしたクラスメイトが悲鳴をあげた。

みんなが心霊写真だと言って騒《さわ》ぎ始める。

「うちの学校って墓場の上に建てられてるから……」

「いや。昔、この辺りの村で大火事が起きて、大勢亡《な》くなったたって聞いたことがある」

「どちらにしろ、浮《う》かばれない霊たちがいたっておかしくないよな」

予想以上の反応をするクラスメイトたちに、剛史は真実を言うに言えなくなった。

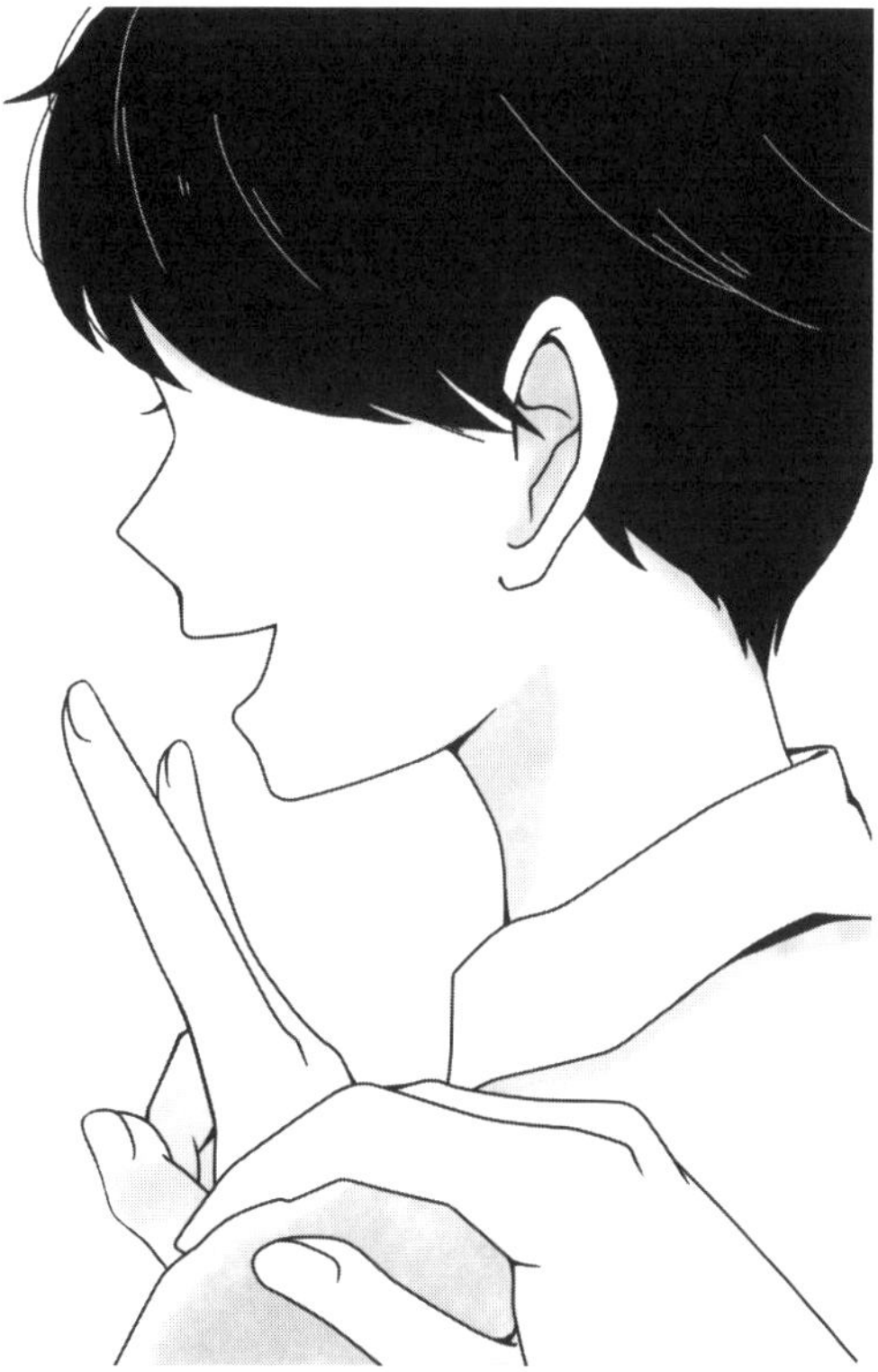

『墓場』『大勢の人が火事で亡くなっている』『霊たち』と
クラスメイトたちが言っているように、写真には複数の霊が
写っている。つまり、心霊写真は剛史の悪戯ではなく本物。

STORY
014

紫陽花《あじさい》の下には……

南校舎側の花壇《かだん》に紫陽花が咲《さ》いていた。

「うわぁ。花壇が赤紫《あかむらさき》色に染まってて綺麗《きれい》！」

「でも、幸代《さちよ》。あそこだけ違《ちが》うよ」

瑤子《ようこ》が指さす場所には、青色の花を咲かせる紫陽花があった。

「紫陽花の下に死体が埋《う》まっていると、色が変わるって本当かな」

好奇心《こうきしん》で目をキラキラさせる瑤子に苦笑していると、背後から声をかけられた。

「それは迷信だよ」

振《ふ》り返ると、富士田朗司《ふじだろうし》学園長が立っていた。

「そうじゃなきゃ真っ青だ」と、学園長はわざとらしく震《ふる》えるフリをする。

私と瑤子は、それもそうだと納得し、花の美しさを素直に堪能《たんのう》した。

「そうじゃなきゃ真っ青だ」というのは、
紫陽花の話が迷信でなければ青ざめるほど怖いなという
比喩《ひゆ》表現ではないのかもしれない。
迷信でなければ、ここにある紫陽花すべてが真っ青だと
言っているのだとしたら……。この場所に何があったのか。
もしくは、この場所で何が起きたのか、気になるところだ。

STORY 015

ラブレター

下駄箱《げたばこ》の中に手紙が入っていたので、ドキドキしながら開封《かいふう》する。

「この間はごめんなさい。
ろうかでぶつかった時に、抱《だ》き留めてくれたよね。
しっかりとした腕《うで》に支えられてドキッとした半面、実はちょっと警戒《けいかい》してたの。
てっきりナンパな人かと思ったんだけど、それは誤解だったみたい。
やさしい人だよって、みんなが言うから気になっちゃって。
ルックスもいいから、モテるって聞いて、居ても立ってても居られなくなっちゃった。
よかったら付き合ってください。校舎裏で待ってます」

ラブレターのようだが、内容にはまったく身に覚えがない。
相手を間違《まちが》えたのだろうと思い、綺麗《きれい》に畳《たた》み、隣《となり》の下駄箱に入れ直した。

ラブレターの頭の文字だけを読むと「ころしてやルよ」となる。
もしも校舎裏に行っていたら、語り手は手紙を書いた人に
殺されていたかもしれない。

STORY
016

危《き》機《き》一《いっ》髪《ぱつ》

昼休みの校舎裏は静かで、風が心地いい。

お弁当を食べ終え、昼寝《ひるね》する。予鈴《よれい》で目を覚まし、立ち上がる。

校舎の昇降口に向かう途中《とちゅう》、「危ないっ」という声で立ち止まる。

その直後、目の前に花瓶《かびん》が落ちてきて、足元で割れた。

ガラスの破片とともに、中に入っていた水や花が飛び散る。

運命というのは、まさに紙一重だ。

呆然《ぼうぜん》と立ち尽《つ》くしていると、福士雄大《ふくしゆうだい》先生が駆《か》け寄って来た。

「もう少し遅《おそ》ければ……」

「ええ。先生のお陰《かげ》で助かりました」

割れた花瓶を見つめ、掠《かす》れた声をだした先生に、俺《おれ》は感謝した。

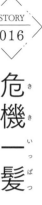

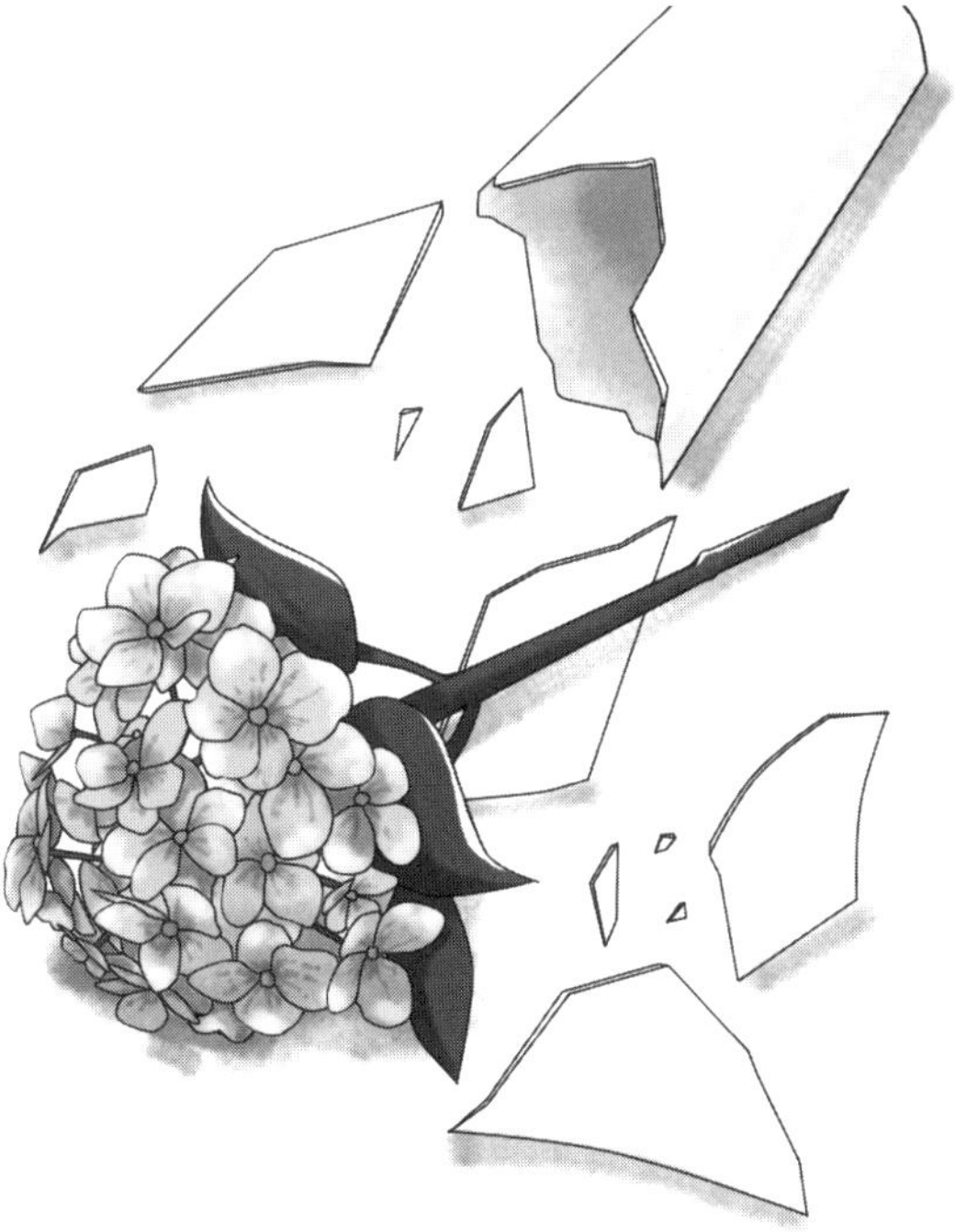

「もう少し遅ければ……」という福士先生の言葉は、
「もう少し遅く声をかけていればよかった」という意味にもとれる。
福士先生は語り手を助けようとしたわけではなく、
殺そうと思い声をかけたのかもしれない。

STORY 017

歌詞に合わせてエレキギターを弾《ひ》けば

まだ部室には誰《だれ》もいない。
新曲を練習しようと、ギターアンプにヘッドホンを繋《つな》ぐ。
楽譜《がくふ》を取り出すと、一枚の紙がヒラリと落ちた。
紙を拾い、書かれている内容を読む。
『私の彼氏《かれし》に会わせた兄がキーキー騒《さわ》ぎ泣いて消えた』
女性が書いたもののようだ。
線の細い、美しい筆跡《ひっせき》には記憶《きおく》がない。
文字をなぞり、その一文を口にすれば、新たなフレーズやメロディが頭に浮《う》かぶ。
思わず、歌詞に合わせてエレキギターを弾く。
俺《おれ》はそれを忘れないうちに書き留めた。

タイトルと本文とでほぼ同じ文が書いてあることがヒント。「歌詞に合わせてエレキギターを弾く」を平仮名にすると、「かしにあわせてえれきぎたーをひく」となる。さらに、紙に書かれた文を平仮名にすると、「わたしのかれしにあわせたあにがきーきーさわぎないてきえた」となる。紙に書かれた文から、「かしにあわせてえれきぎたー」に使われている平仮名を消すと、「のがさない」となる。語り手は何者かにロックオンされたようだ。

STORY 018

気になる彼女《かのじょ》の手がかり

軽音部のライブを告知するポスターの撮影《さつえい》を写真部に依頼《いらい》することに決まった。
写真部の部室へ行くと、顧問《こもん》の先生も部長も暗室で作業をしていた。
部室内で待たせてもらうことにする。
本棚《ほんだな》に近づけば、歴代の部員が撮影した写真のアルバムが並んでいた。
そのうちの一冊を手に取り、ページをめくる。
モノクロの写真は、生徒たち自ら焼き付けまでしたものなのだろう。
なんとなく、酸っぱいような臭《にお》いを感じながら見ていると、一枚の写真に目が留まる。
そこには音楽室で出会い、心奪《うば》われた女子生徒が笑顔で写っていた。
彼女の周りに写る人たちの中に、身近な人の面影《おもかげ》を見つけた。
俺《おれ》は驚《おどろ》きのあまり、肝心《かんじん》の用件をすっかり忘れて、帰宅した。

古い写真は劣化《れっか》したマイクロフィルムから酢酸《さくさん》が発せられ、酸っぱい臭《にお》いがする。古い写真に語り手が一目ぼれした女子生徒が写っているだけでなく、身近な人の面影を見つけ、驚いて帰宅したことから、一緒《いっしょ》に写っていたのは語り手の家に住んでいる人物、たとえば自分の親だったのかもしれない。

STORY
019
気づいてよ

お昼休みは校舎裏でお弁当を食べていることが多い翔《しょう》が、珍《めずら》しく学食にいた。

近くに寄ると、友達と話している会話が聞こえてきた。

「そういや、お前の彼女《かのじょ》って他県に引《ひ》っ越《こ》したんだよな?」

「あー……元カノな。向こうで好きな人ができたって言われて別れたとこだよ」

「まあ、身体的な距離《きょり》と心理的な距離はほぼ同じだって言うしな」

友達の肩《かた》を叩《たた》き、「次だ、次!」と言って慰《なぐさ》める翔にイラッとする。

「だったら、一番身近にいる幼馴染《おさななじみ》の私のことを好きになってよね」

鈍感《どんかん》男に腹が立つ。

「私が翔の隣《となり》くんをキープするのに、どれだけ苦労してるか知らないんだろうな……」

恨《うら》みがましい視線を翔に送るが、気づいてすらもらえなかった。

語り手は、生霊《いきりょう》となって翔の隣をキープしている。当然、姿どころか、視線にすら気づくことはない。たとえ、気がついたとしても、生霊になってまで付きまとう執着心《しゅうちゃくしん》にドン引きすることだろう。

STORY
020

喜べなくてごめん

高校に入って、最初に仲良くなった友人に彼氏《かれし》ができた。
相手は私が密《ひそ》かに想《おも》いを寄せていた幼馴染《おさななじみ》だ。
嬉《うれ》しそうに肩《かた》を寄せ合う二人を見て、胸がズキズキと痛む。
こんなことになるなら告白しておけばよかった。
いまさら後悔《こうかい》したって遅《おそ》いことぐらいわかってる。
だからといって、「よかったね」と素直に喜んであげられない。
みんなに相談して、花を買った。
まだ顔を見るのも辛《つら》いから、こっそり友人の机に置く。
これで私の気持ちは彼女《かのじょ》に伝わるはず。
避《さ》けちゃう弱い私を許してね。

机の上に花を置くというのは古典的ないじめの一つ。
避けるというのは、無視するということ。
語り手は、自分の想い人と付き合い始めた友人への
逆恨《さかうら》みからいじめを始めた。

STORY
021

旧校舎

昼休み。いまは使われていない旧校舎に彼女《かのじょ》と一緒《いっしょ》に忍《しの》び込《こ》んだ。

比較的綺麗《ひかくてききれい》な教室で、二人の時間を楽しむ。

「ねえ。この校舎で人が亡《な》くなっているんでしょ？」

せっかくいい雰囲気《ふんいき》だったのに、色気のないことを言い出した彼女に苦笑する。

「当時、調理部だった子が、調理室でお菓子《かし》作りをしている時に出火したらしいな」

「え？　じゃあ、調理部の人たち全員亡《な》くなってるの？」

「いいや、逃《に》げられなかった一人だけだよ」

「私も調理部だから、気をつけなくちゃ」

「そんな話よりも、今は俺《おれ》との時間に集中してよ」

俺たちは予鈴《よれい》が鳴るまで甘《あま》いひとときを過ごした。

「逃げ遅《おく》れた」のではなく、「逃げられなかった」。つまり、何か（誰《だれ》か）別の原因があって、旧校舎で亡くなったということなのだろう。旧校舎で亡くなった人がどんな状況《じょうきょう》で亡くなったのか、語り手はどうやら知っているようだ。霊《れい》の声が聞こえるのか、それとも、亡くなった人の関係者と知り合いなのだろうか。語り手の情報源が気になる。

STORY
022

迷惑行為《めいわくこうい》

「一緒《いっしょ》に帰ろう」

教室まで迎《むか》えに来てくれた彼《かれ》に笑顔で頷《うなず》く。

お互《たが》い自転車通学だ。

手を繋《つな》ぎ、自転車置き場へ向かう。

タイミング悪く、あまり素行《そこう》のよくない生徒たちがたむろしていた。

彼《かれ》らの周りには、壊《こわ》れた自転車が数台倒《たお》れている。

しかも、怪我人《けがにん》までいるようだ。

「あいつら……ネジが一本、二本、飛んでるな」

「ほんとだね。先生に知らせてこようよ」

眉間《みけん》に皺《しわ》を寄せる彼の腕を引っ張り、職員室へ急いだ。

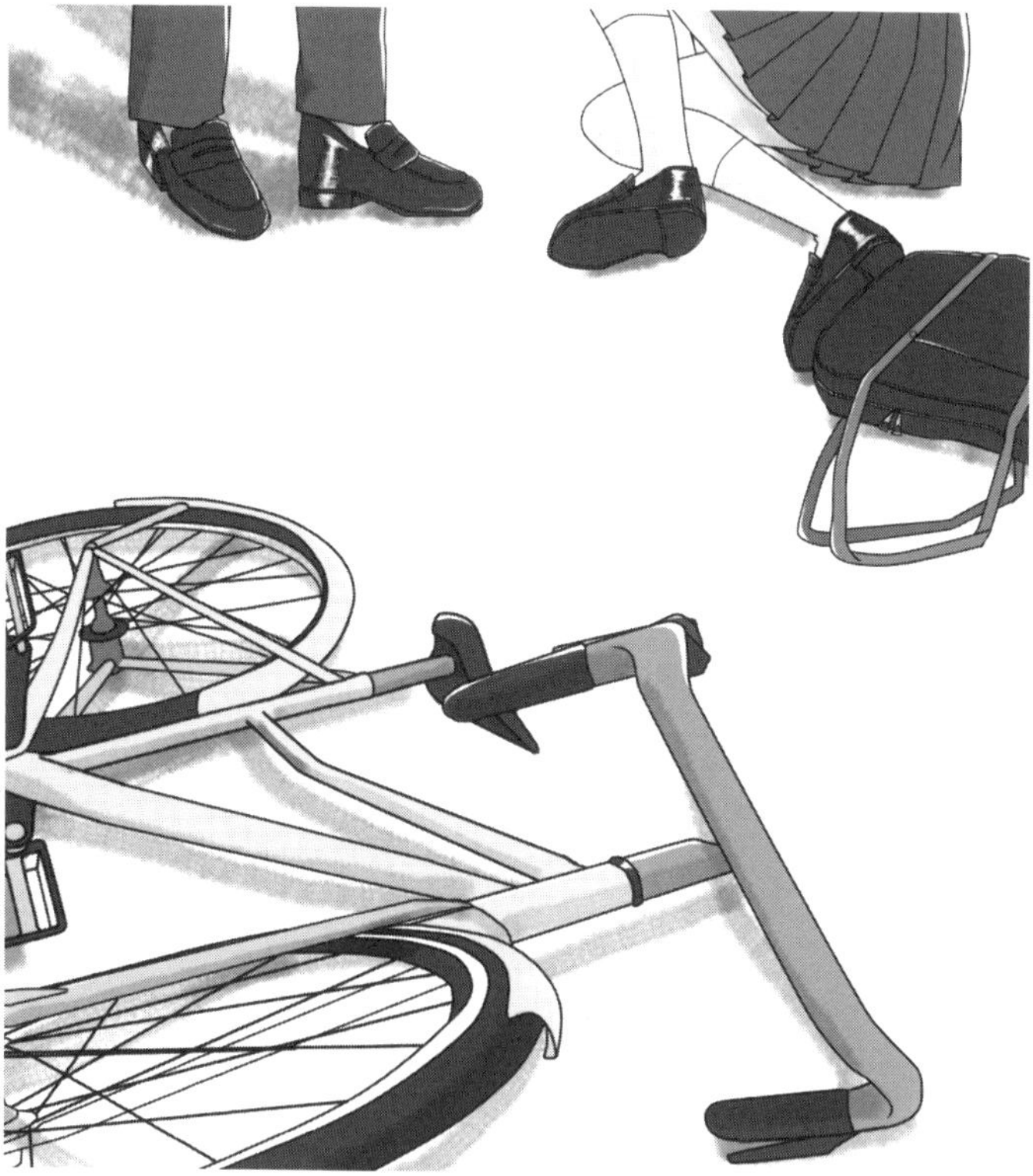

ネジが一本、二本、飛んでいるのは、素行のよくない生徒たちへの悪口ではない。自転車のネジが外れていたことが原因で事故が起きたことを言っている。

STORY 023

視線

生物室での授業中、絡《から》みつくような視線を感じて顔をあげる。

みんな、顕微鏡《けんびきょう》に夢中だ。

わたしの様子に気がついた絵里奈《えりな》が首を傾《かし》げる。

「どうしたの？」

「なんか視線を感じてさ……気持ち悪いんだよね」

「アレのせいじゃない？」

彼女が顎《あご》をしゃくった先には、人体の骨格模型があった。

「学校の怪談《かいだん》じゃあるまいし。第一、アレでどうやって視線を感じろと？」

「おっしゃる通り。骨格標本に目玉はありませんね」

絵里奈の冗談《じょうだん》のお陰《かげ》で、気持ちが軽くなった。

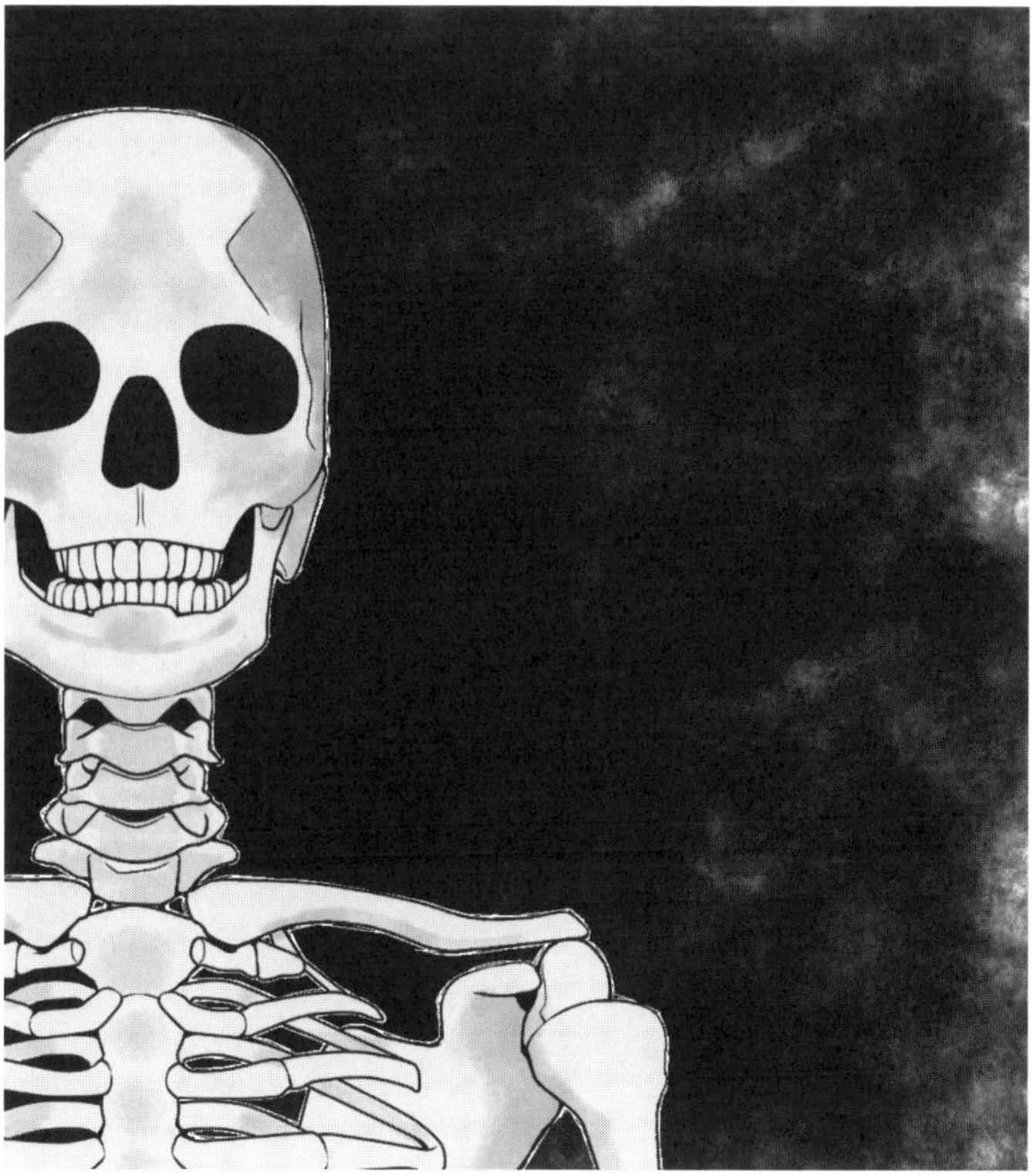

骨格標本というのは本物の骨を使って作ったもの。
語り手が感じた視線は骨の持ち主——
つまり、霊《れい》の視線なのかもしれない。

STORY
024

気持ちの整理整頓《せいとん》

幼い頃《ころ》から、ずっと彼《かれ》だけを見てきた。

諦《あきら》められず、高校まで追いかけてきたのに、彼の隣《となり》には私以外の彼女《かのじょ》がいる。

愛《いと》おしそうに見つめ合う二人の姿にズキリと胸が痛む。

傷ついた心からドロリとしたものが溢《あふ》れだす。

「いっそ、全部捨ててしまおう」

悔《くや》しさや苛立《いらだ》ちを振《ふ》り切るように、全力疾走《しっそう》で廊下《ろうか》を走る。

二人の思い出も、大切なものも全部ロッカーの中だ。

禁断の箱の前に立ち、私は手馴《てな》れた手つきで鍵《かぎ》を開ける。

「これも、これも、これも……全部いらない」

中にあるものすべて、引きちぎり、細かく切り刻むことで気持ちの整理をつけた。

語り手が引きちぎり、切り刻んだものは、恋敵《こいがたき》のロッカーに入っていたもの。手慣れた手つきで鍵を開けていることから、ロッカーの持ち主と語り手は友人知人のようだ。

STORY
025

献花《けんか》

夕菜《ゆうな》を誘《さそ》って校庭掃除《そうじ》をサボることにした瑤子《ようこ》は、旧校舎にやってきた。

「あれ？　福士《ふくし》先生、こんなところで何をしてるんですか？」

瑤子は旧校舎の中へ入ろうとしている福士を見つけ、声をかけた。

振《ふ》り返った福士が、右手に持つ花束を掲《かか》げた。

「二十五年前の火事で亡《な》くなった生徒は私の年の離《はな》れた姉でね。今日が命日なんだ」

「そうだったんですか……ご冥福《めいふく》をお祈《いの》りします。でも、いまでも花もお供《そな》えしてあげるなんて……きっと素敵《すてき》なお姉さんだったんですね」

「ああ。どんなことでも自分の力でなんとかしようとする人でね。いまもソコにいるんだ」

「あはは。幽霊《ゆうれい》がいると言ってビビらせようなんて、そんな子供だまし通用しませんよ」

瑤子の隣《となり》――夕菜のいる場所を指さす福士を瑤子は笑い飛ばした。

福士が指をさしたのは、夕菜がいる場所ではなく、夕菜自身。夕菜は火事で亡くなった生徒であり、福士の姉——つまり、霊。瑶子は夕菜の存在をクラスメイトとして認識しているが、これも幽霊である夕菜の仕業《しわざ》によるものなのかもしれない。

STORY
026

本気だす

今日の体育はバレーボールだ。

二つのチームに分かれて、試合をすることになった。

幸代《さちよ》は経験者でもなければ、背も高くない。

守備専門のポジションであるリベロを任される。

みんな、力いっぱいボールを打つ。

足手まといにならないよう、必死にボールをレシーブする。

けれど、ボールは次から次へと飛んできて、さばききれない。

負けず嫌《ぎら》いの血が騒《さわ》ぐ。

時には、腕《うで》や足、顔面で受け止める。

負けるもんかと最後まで踏《ふ》ん張った自分にエールを送りたい。

二つのチームに分かれてというのは、クラスメイト対幸代。
みんなが次から次へとボールを打つので、
幸代は全身で受け止めている。
体育教師もいじめを黙認《もくにん》しているようだ。

STORY
027

手当て

体育の授業で幸代《さちよ》が怪我《けが》をした。

痛みに顔を歪《ゆが》める幸代の周りに、瑤子《ようこ》たちが集まる。

「手加減しなくてごめん」

みんなが幸代に付き添《そ》い、保健室へ向かう。

タイミング悪く、養護教諭《きょうゆ》は留守だ。

「手当てしてあげる」

瑤子たちは、慣れない手つきで幸代の腕《うで》や足に触《ふ》れた。

かなり痛むのか、ちょっと手をかけただけで悲鳴をあげ、悶絶《もんぜつ》する。

戻《もど》ってきた養護教諭に任せるしかない。

養護教諭は怪我の状態から歩けないと判断し、すぐさま救急車を呼んだ。

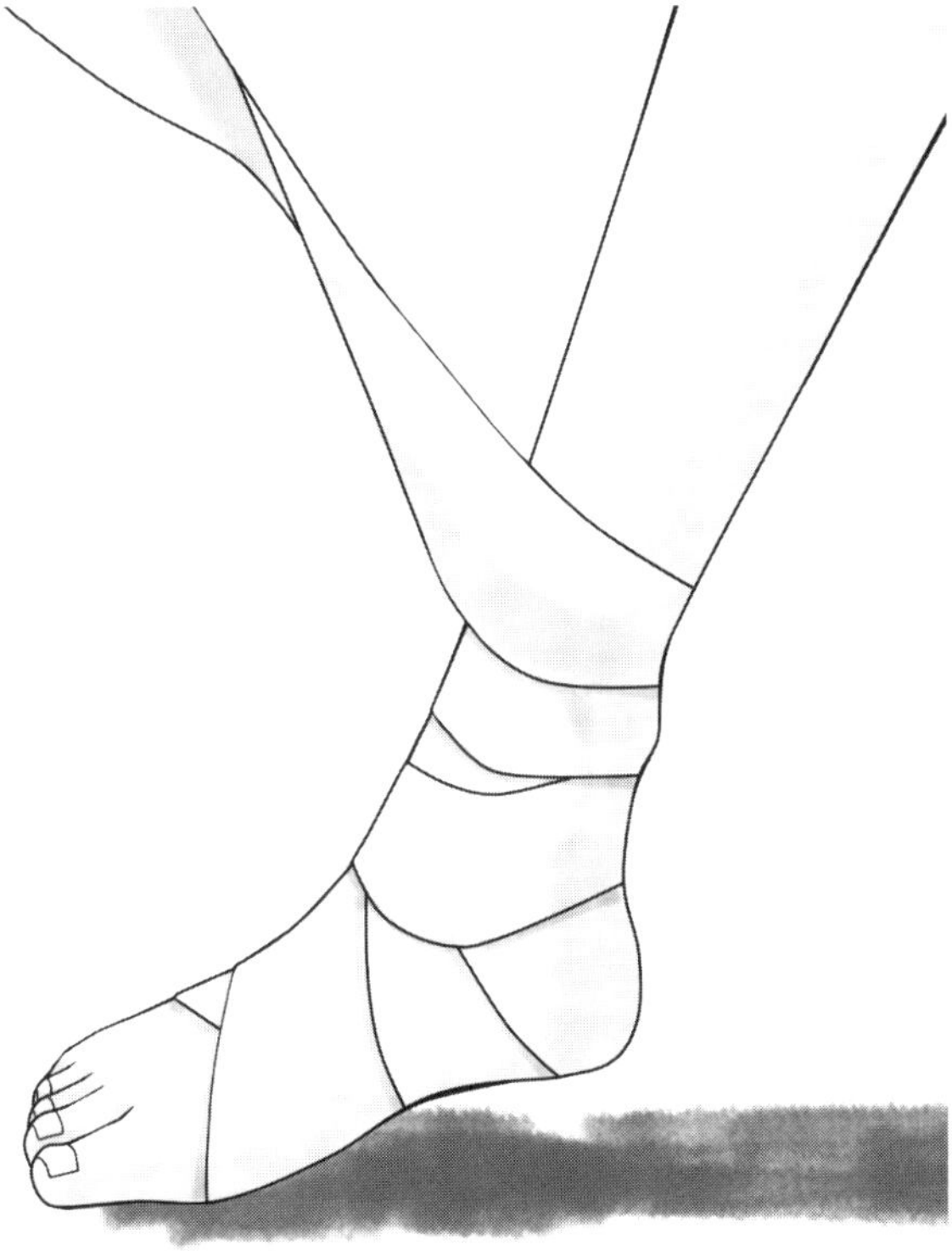

幸代は怪我人とはいえ歩いて保健室に行けた。
けれど、養護教諭のいない保健室で、瑶子たちに治療《ちりょう》ではなく、
手をかけられ（攻撃《こうげき》され）、歩けないほどの怪我を負わされた。

STORY
028

気のせい

一日の最後の授業が体育だった。

使用した道具をみんなで片付ける。

「赤名《あかな》さん。最後に道具の数や整理整頓《せいとん》のチェックをお願いね」

体育委員の衣斗《いと》は先生に頼《たの》まれ、体育倉庫の中に入る。

「ボールの数よし！　ハードルの数よし！　ネットやポールの数もよし！」

チェック表に印をつけていると、どこからともなく呻《うめ》き声が聞こえてきた。

周囲を見渡《みわた》すが誰《だれ》もいない。

「そういえばここって……」

学校の怪談《かいだん》を思い出す。

体育倉庫を飛び出すと、衣斗は鍵《かぎ》をかけて職員室へと急いだ。

体育倉庫の中には、跳《と》び箱、マット等、隠《かく》れる場所がいくらでもある。周囲を見渡しただけで人がいないと断言はできない。もしも、人がいた場合、翌日まで閉じ込《こ》められてしまうことになる。

STORY
029

指先ひとつで

更衣室《こういしつ》で着替《きか》えたあと、壁《かべ》に埋《う》め込《こ》まれた姿見《すがたみ》で身だしなみをチェックする。
胸元あたりを映している部分の汚《よご》れが気になり、手を伸《の》ばす。
人差し指で汚れに触《ふ》れる。
自分の指先と鏡に映る指先がピッタリくっついた。
そのまま指で擦《こす》ると、汚れが周囲に広がってしまった。
ムキになって擦り続けると、ヒンヤリとした手が私の指を握《にぎ》る。
誰の手だろうと思い振《ふ》り返ると、衣斗《いと》だった。
「ちょっと絵里奈《えりな》。こういう時は雑巾《ぞうきん》を使おうよ」
指先で汚れを落とそうとするズボラな私を見て呆《あき》れたのだろう。
そのまま衣斗に強く引っ張られ、更衣室を後にした。

マジックミラーは、ガラスの表面にミラーフィルムを貼《は》りつけて作るため、指で触れると、鏡に映った指先と接するけれど、普通《ふつう》の鏡は厚さの分だけ距離《きょり》が生まれる。衣斗は、絵里奈の指先と、鏡に映った指先がピッタリとくっついているのを見て、更衣室の鏡がミラーフィルムだと気がついたのだろう。覗《のぞ》いている相手に気づかれないよう緊張《きんちょう》しながら、衣斗は絵里奈を更衣室から連れ出した。

STORY
030

知っているんだよ

授業が始まっても、隣《となり》の席に座る彼女《かのじょ》は教科書を出そうとしない。
「もしかして教科書忘れた？」
助け船をだせば、ほっとしたように頷《うなず》いた。
机を寄せた時、彼女の机の中が見えてしまった。
教科書が入っている。
彼女は真面目で努力家だ。
教科書が書き込《こ》みだらけで真っ黒なことぐらい知っている。
でも、本人がそのことを隠《かく》しているんだ。
指摘《してき》するなんて野暮《やぼ》だろ？
だから僕《ぼく》は見て見ぬふりをし、教科書を広げた。

真っ黒な教科書は、努力の証《あかし》ではなく、誰《だれ》かに落書きされた証。
いじめられている彼女が孤軍奮闘《こぐんふんとう》しているのを知っていて、
見て見ぬふりをする語り手も加害者だといえる。

STORY 031

肩叩《かたたた》き

体育祭で使う応援《おうえん》グッズをみんなで手分けして作ることになった。
カッターナイフで段ボールを切っていると、誰《だれ》かに肩を叩かれた。
振《ふ》り返るが誰もいない。
気のせいかと思い、再び段ボールを切り始めると、ふたたび肩を叩かれた。
勢いよく振り返るが、やはり誰もいない。
なんだか気持ち悪い。
さっさと作業を終わらせて帰ろうと思い、カッターナイフの刃《は》を段ボールに入れる。
またもや左肩を叩かれた。
「いい加減にしてよっ」
思いっきり肩を払いながら振り返ると、絶叫《ぜっきょう》が木霊《こだま》した。

肩を払う場合、右肩なら左手、左肩なら右手を使うのが自然だ。語り手が左肩を振り払った時、実際に誰かが語り手の肩を叩いていたとしたら、語り手は右手に持っていたカッターナイフでその人を傷つけてしまった可能性が高い。

STORY 032

ハチマキ交換《こうかん》

体育祭で、好きな人や彼氏《かれし》とハチマキ交換する子が多い。

私もハチマキ交換がしたくて、翔《しょう》のクラスの応援《おうえん》席に向かうが彼の姿はない。

周囲の人に尋《たず》ねると、翔は幸代《さちよ》に呼び出されたという。

二人が向かったほうへ急ぐ。

大好きな翔の姿はすぐにわかる。

見つけた背中に駆《か》け寄ろうとしたところで、ピタリと足を止めた。

お互《たが》いの首にハチマキをかけ合う二人を見て、踵《きびす》を返す。

泣きそうな顔でクラスの応援席に戻《もど》りたくはない。

応援席に戻る途中《とちゅう》でしゃがみこむ。

目の前を通り過ぎる幸代の首元が目に入り、ハチマキをギュッと握《にぎ》りしめた。

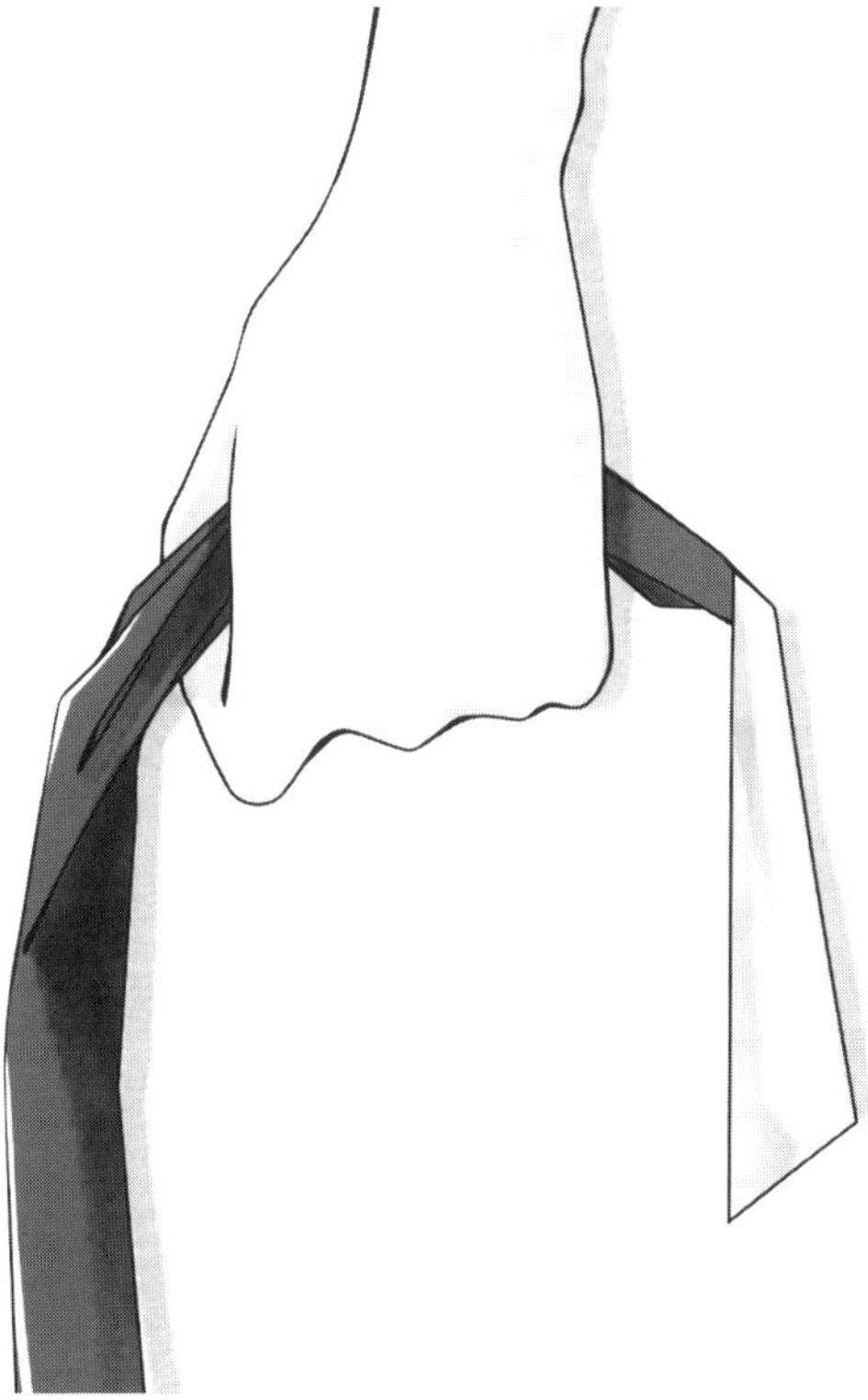

翔とハチマキ交換をした幸代に嫉妬《しっと》した語り手は、幸代の首にかかる翔のハチマキを見てカッとなったのだろう。自分のハチマキではなく、幸代の首にかかっているハチマキを握りしめ、彼女の首を絞《し》めた。

STORY 033

思いっきり引っ張れ!

綱引《つなひ》きは力もいるし、汗《あせ》まみれになって汚《よご》れるから嫌《いや》だ。
それでもメンバーに選ばれたからには、やるしかない。
ロープを胴体《どうたい》や腕《うで》なんかに巻きつけ、足を踏《ふ》ん張《ば》る。
みんなも気合十分だ。
「せーのっ!」
掛《か》け声に合わせて、みんなで思いっきりロープを引っ張る。
ロープがギュッと食い込《こ》めば、顔が真っ赤になり、唸《うな》り声が響《ひび》く。
目を閉じ、歯を食いしばり、引っ張ることに全集中する。
ブチッと千切れる音がした。
それと同時に、俺《おれ》たちは思いっきり尻餅《しりもち》をついた。

顔を赤くし、唸り声を上げたのは、ロープを引っ張っている人ではなく、ロープを巻かれた人。ロープは胴体や腕どころか、足や首にも巻きつけたのだろう。それぞれのロープをみんなが一斉《いっせい》に引っ張ったとしたら……。ブチッと千切れたのはロープではなく、人の首や手足なのかもしれない。

STORY
034

似た者同士

いつから孤独《こどく》を感じるようになったのだろう。

いつから人の視線や笑い声が怖《こわ》くなったのだろう。

唯一《ゆいいつ》ホッとできる場所は、あまり人が来ることのない非常階段だ。

足りない酸素を求めるように、深呼吸をした。

「ここで何をしているの？」

振《ふ》り返ると、透《す》き通るような肌《はだ》をした女子生徒がいた。

彼女《かのじょ》は、驚《おどろ》き、目を見開く私の横に移動してきたかと思えば、寂《さび》しそうに微笑《ほほえ》んだ。

「私もずっと一人なんだ」

同類相憐《どうるいあいあわ》れむではないが、私は彼女を受け入れる。

背後に伸《の》びる一つの影《かげ》が、私たちの距離《きょり》を教えてくれた。

透けるような肌というのは、実際には半透明《はんとうめい》な肌。そして、二人の背後に伸びる一つの影が教えてくれる距離というのは、生と死という距離。つまり、見知らぬ女子生徒は幽霊《ゆうれい》。

STORY 035

あなたとわたしの距離《きょり》

誰《だれ》にも言えない恋《こい》をしている。
立場や年齢《ねんれい》、それに法律が邪魔《じゃま》をして、縮めることのできない距離が辛《つら》い。
恋というのは本当に残酷《ざんこく》だ。
騒音《そうおん》の中でも、好きな人の声だけが聴《き》きとれる自分に腹が立つ。
彼《かれ》の存在を察知した途端《とたん》、細胞《さいぼう》レベルで歓喜《かんき》し、階段を駆《か》け上がる。
のぼりきったところで彼とぶつかった。
0センチに縮まっていた距離に胸が高鳴る。
珍《めずら》しく驚《おどろ》いた顔をする彼に、思わず手を伸《の》ばす。
けれど、彼はこの手をとってはくれない。
あっという間に開いた距離に、目の前が真っ暗になった。

階段をのぼりきったところで、彼とぶつかった語り手は、
その反動で転落した。自分に向かって伸ばされた手をとらなかった
彼は、語り手に対し、殺意があったのかもしれない。

STORY
036

偶然《ぐうぜん》には理由《わけ》がある

調理部の彼女《かのじょ》を家庭科室まで迎《むか》えに行く途中《とちゅう》で、ガンガンという音が聞こえた。

不思議に思い、音のするほうへと近づくと、背後から声をかけられた。

「あれ？　翔《しょう》くんじゃん。こんなところでどうしたの？」

振《ふ》り返ると、一つ年下の幼馴染《おさななじみ》がいた。

幼い頃《ころ》から互《たが》いのことを知っているだけに、彼女の話をするのは照れくさい。

誤魔化《ごまか》すように聞き返す。

「瑤子《ようこ》こそ、バレー部のくせに、なんでこんなところにいるんだよ」

瑤子は手にしたモップを突《つ》き出したあと、廊下《ろうか》の奥《おく》へと視線を向けた。

掃除《そうじ》道具入れの周りに数人の生徒が集まっている。

二つの謎《なぞ》が同時に解決した。

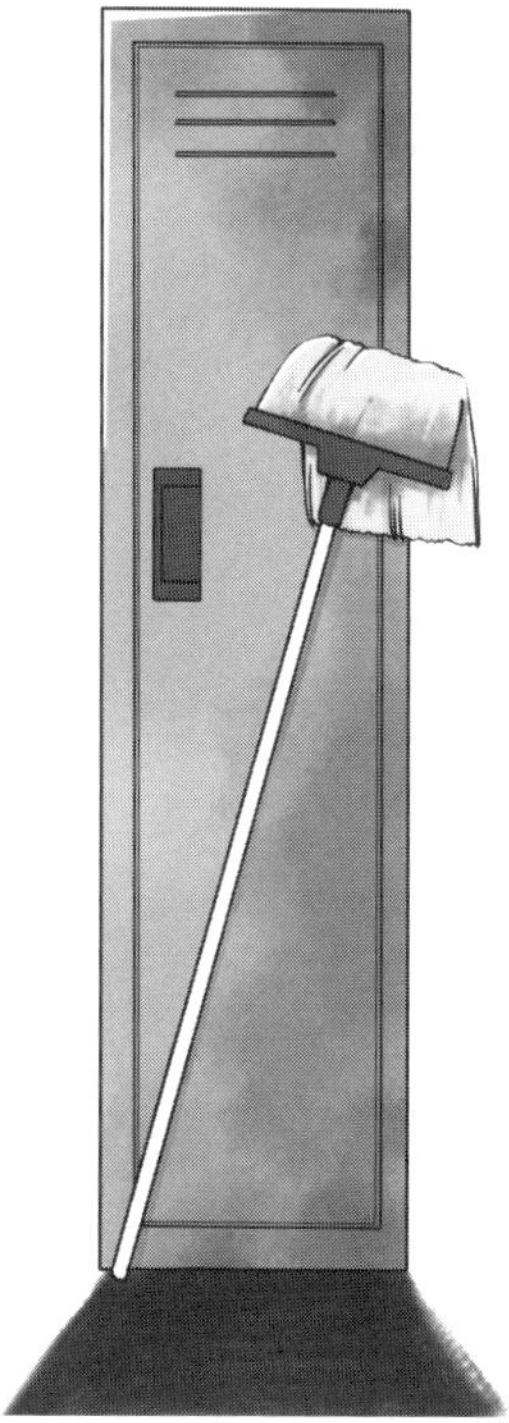

掃除道具入れの周りにいる生徒たちは、
中に閉じ込《こ》めた生徒を監視《かんし》している。
「掃除をしていた」とは一言も言っていない瑤子は、
モップを何に使うつもりなのだろうか？

STORY 037

目と目が合った、その瞬間《しゅんかん》に――

図書室に一歩足を踏《ふ》み入れれば、そこは無限の世界が広がる夢の国だ。
ノスタルジーをそそる香りに、胸を躍《おど》らせる。
本は知識を与《あた》えてくれるだけじゃない。
スリルと冒険《ぼうけん》、恋《こい》に友情。さまざまな感情を呼び起こし、夢を与えてくれる。
図書室を見て回れば、気になる本を上段の棚《たな》に見つけた。
ステップを取りに行くのも面倒《めんどう》なので、必死に手を伸《の》ばす。
「これかな?」
目の前に、目当ての本が差し出された。
思わず手に取れば、目と目が合う。
その瞬間、息をするのを忘れるほどの衝撃《しょうげき》を受けた。

届かない位置にあった本を、誰《だれ》かが背後から取ってくれたのではなく、本棚から直接、目の前に差し出されている。
壁《かべ》に接している本棚であったら、絶対にあり得ない。
たとえ本棚の向こう側から誰かが差し出したのだとしても、語り手が気になった本をピンポイントで差し出せる可能性はほとんどない。語り手が驚くのも頷ける。

STORY
038

頑《がん》張《ば》る君へ

部活が終わり、部室で着替《きか》える。

部員全員が部室から出たのを確認し、衣斗《いと》は部室に鍵《かぎ》をかけた。

「絵里奈《えりな》。わたし、職員室に鍵を置いてくるからさ。校門のところで待っててくれる？」

「うん。待ってるね」

部室の前でいったん絵里奈と別れ、職員室へ向かう。

途中《とちゅう》、プールの横を通り過ぎる。

静まり返ったプールで一人、男子生徒が練習をしていた。

キラキラと飛び散る水飛沫《みずしぶき》が眩《まぶ》しい。

「もうすぐインターハイだもんね」

わたしは顔も知らぬ男子生徒へ密《ひそ》かにエールを送った。

〝静まり返ったプール〟で男子生徒が練習しているとあるが、水飛沫が飛び散っているということは、男子生徒はプールで泳いでいるはず。水音がしないのはおかしい。

STORY 039

進路相談

部活は来年の夏の大会が終わったら引退する。

そこから受験勉強を始めるのでは遅《おそ》い。

いまのうちから準備をしておこうと思い、剛史《つよし》は進路指導室にやってきた。

本棚《ほんだな》には沢山《たくさん》の資料が並んでいる。

その中から、気になる大学の資料を探して手に取った。

「やっぱり、いまの学力じゃ偏差値《へんさち》足りないよな……ランク下げるしかないか……」

資料を見て溜息《ためいき》を吐《つ》く剛史に、背後から声がかけられた。

「大学受験の心配をして気落ちしているのか？　そんな未来は来ないから安心しなさい」

振《ふ》り返ると、進路指導部の福士《ふくし》がいた。

福士の言葉から受験を失敗させないという自信を感じた剛史は、頑張《がんば》ろうと決意した。

福士は、『大学のランクを下げる未来は来ない』と言っているのではなく、剛史が『大学を受ける未来は来ない』という意味で「そんな未来は来ない」と言った。未来が来ないということは死を予感させるだけに、福士が剛史を殺すのではという考えが頭を過《よぎ》る。

STORY
040

四時四十四分の怪《かい》

どんな学校にも、怪談《かいだん》の一つや二つあるものだ。

当然、我《わ》が校にもある。

有名なのは、四時四十四分に流れると噂《うわさ》されている校内放送だろう。

この放送は呪《のろ》われていると言われている。

ある時は、火事を。ある時は、転落事故を。

放送される内容すべてが実際に起きているのだという。

「ねえ。この怪談って本当なの？」

放送部員に尋《たず》ねると、彼女《かのじょ》はクスリと笑った。

「四時半からチャイム以外は消音にするのが、部員の仕事なんだよ。あり得ないわ」

怪談や都市伝説なんてそんなものだよなと苦笑した。

消音にしているだけで、四時四十四分の放送は実際には流れていた。
この放送が呪いではなく予言だとしたら、助けることができた人を見捨てたことになっていたのかも……。

STORY
041

気づき

テスト週間中、部活は休みだ。
自主練は制限されていないが、私にそこまでの熱意はない。
さっさと帰り支度《じたく》をして、自転車置き場へ向かう。
畳《たたみ》を叩《たた》く音や、激しく竹刀《しない》を打ち合う音が武道場の外まで聞こえてきた。
扉《とびら》は見れば、ぴたりと閉じられている。
分厚い扉の向こう側には、頑張《がんば》る人たちの熱気が籠《こも》っていることだろう。
夢中になれるものを持っている彼《かれ》らが羨《うらや》ましい。
俯《うつむ》きかけた顔を上げ、ハッとした。
「こうしちゃいられない」
私は彼らの背中を追いかけた。

語り手は、武道場にいるはずの部員たちが、
目の前を歩いていることに気がついた。
閉め切った武道場内では、いじめやリンチが
行われていても気づかれないことがありそうだ。

STORY
042

悩《なや》みは尽《つ》きず

いつから歯車が食い違《ちが》ってしまったのだろう。

恋《こい》や友情の悩みは尽きず、授業にも身が入らない。

窓の外を見れば真っ青な空が広がっているのに、私の心は曇《くも》り空だ。

小さな溜息《ためいき》を吐《つ》くと、窓ガラスに反射する教科担任の福士《ふくし》と目が合った。

「臼井《うすい》さん。これを訳してください」

黒板に書かれた『lived boy』という文字をトントンッと叩《たた》いている。

咄嗟《とっさ》に振《ふ》り返り、幸代《さちよ》は答えた。

「はい。『少年は生きていた』です」

「不正解です。しっかりよく見て、考えてから答えましょう」

注意されても悩みは消えず、再び外へ目をやった。

臼井幸代は、黒板に書かれた文字を窓ガラスに反射している状態で見ていたため、『ｌｉｖｅｄ　ｂｏｙ』と読み間違《まちが》えて、訳してしまった。実際に黒板に書かれていたのは『ｙｏｂ　ｄｅｖｉｌ』で、『ｙｏｂ』は不良少年、『ｄｅｖｉｌ』は悪魔《あくま》を意味する。まるで、交友関係の忠告《ちゅうこく》のような単語を訳すことになり、幸代の悩みは深まったようだ。

STORY 043

リターン

本が好きで図書委員になった。
図書室はいい。
教室に居場所がなくても、孤独《こどく》で寂《さび》しくても。
ひとたび本の世界に没頭《ぼっとう》すれば、好きな場所に行けて、どんなものにもなれる。
カウンター当番で本の貸し出しや返却《へんきゃく》作業をしながら本を読む。
ふと、返却カートを見れば、かなりの本が溜《た》まっていることに気がついた。
本棚《ほんだな》に戻《もど》そうと席を立てば、『修復の為《ため》のみき』というタイトルが目に入る。
「またこの本だ」
私がカウンター当番の日には、必ずこの本が返却カートに入っている。
興味を惹《ひ》かれてページをめくれば、その面白《おもしろ》さに夢中になった。

タイトルのリターンは「戻る」という意味がある。毎回返却カートにある本の題名を、下から上へ読むと「きみの為の復修」＝「きみのためのふくしゅう」となる。

STORY 044

見知らぬキミからのメッセージ

週に一度の移動教室が私の楽しみだ。

決められた席につき、すぐに机の上をチェックした。

柔《やわ》らかな筆跡《ひっせき》で「キミならできる」と書いてある。

悩《なや》み事を抱《かか》えていた私はその力強い言葉に励《はげ》まされ、返事を書いた。

顔も名前も知らない相手とのやり取りが始まったのは、些細《ささい》なことがきっかけだ。

嫌《いや》なことがあった日の授業中、私は机の上に愚痴《ぐち》や弱音を吐《は》き出した。

その翌週、消し忘れた落書きの下に、「なんでも吐き出しちゃえ」と書いてあったのだ。

慰《なぐさ》めや励ましでもない、私の心に寄り添《そ》う一言が胸に沁《し》みた。

机上でのやり取りは、あれからずっと続いている。

「我慢《がまん》しなくてもいいいんだよ」と続けて現れたメッセージに声を詰《つ》まらせた。

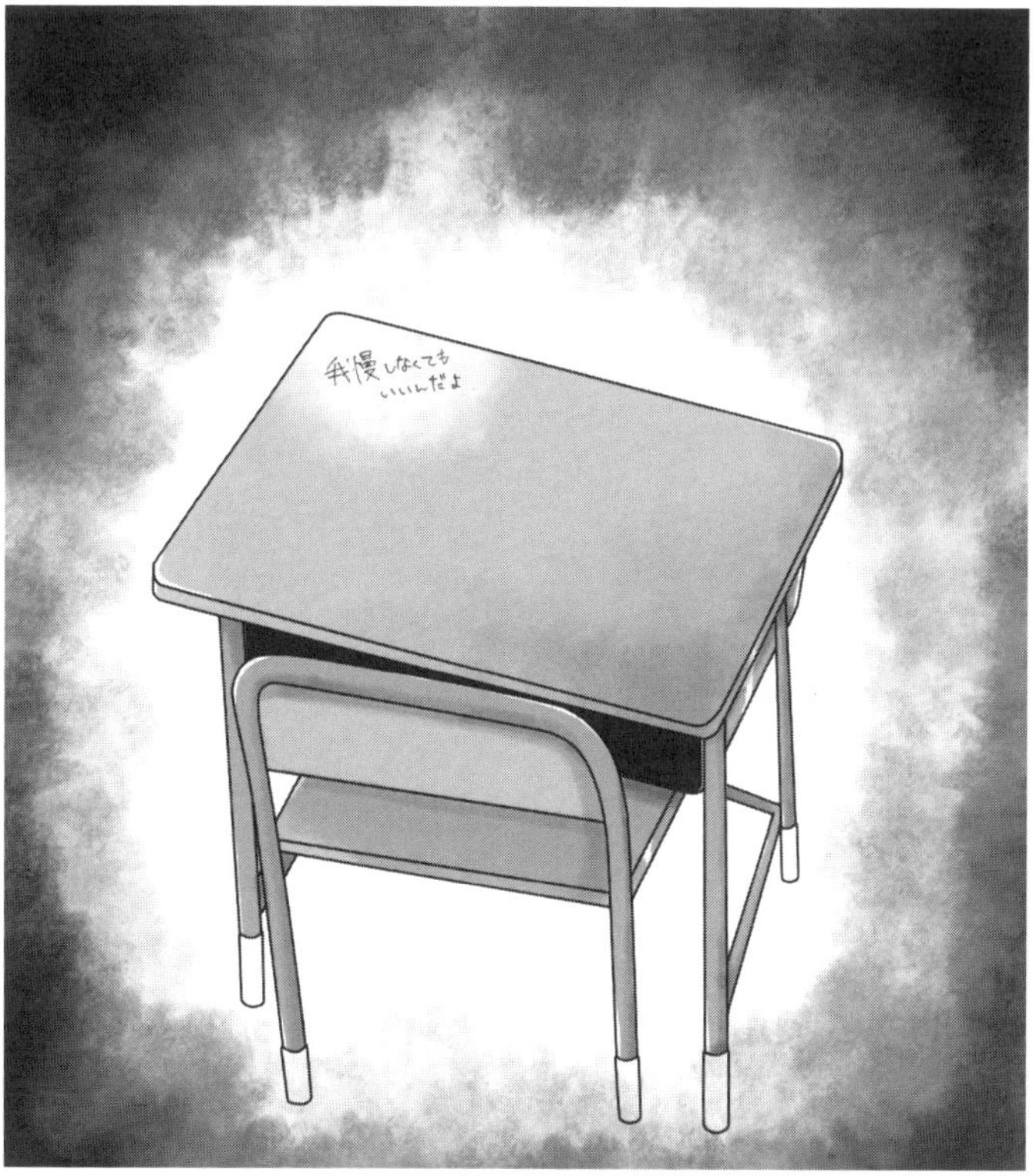

「キミならできる」というメッセージに対して、
語り手が返事を書いた直後、「我慢しなくてもいいんだよ」
という言葉がいきなり現れた。
つまり、リアルタイムで何者かと机上でのやり取りを
しているということ。語り手は人間ではない、
誰《だれ》かからのメッセージを受け取っているのかもしれない。

STORY 045

慰《なぐさ》め

いじめから逃《のが》れるため、休み時間になると同時に、トイレの個室の中へ逃《に》げ込《こ》んだ。

授業開始直前にトイレから出ると、福士《ふくし》とぶつかった。

「いじめにあっているんだろ？」

泣いていたのがバレたのだろう。福士から問われ、小さく頷《うなず》いた。

「私の姉も、友達の好きな人と知らずに付き合って、いじめにあっていたんだ」

「え……それで、お姉さんは、どうなったんですか？」

「いじめていた奴《やつ》らが加減を間違《まちが》えた結果、『この恨《うら》み晴らしたい』と熱く燃えたさ！」

「つまり、やり返したってことですか？」

「やり返したというか……復讐《ふくしゅう》はしているよ。もしよければ臼井《うすい》の力になれると思う」

差し出された福士の手を、私は躊躇《ちゅうちょ》することなく握《にぎ》った。

「『この恨み晴らしたい』と言って燃えた」というのは、復讐心に燃えたという比喩《ひゆ》表現ではなく、物理的に燃えたということ。いじめっ子たちがいじめの加減を間違えて、福士の姉は燃やされ、焼死したのだろう。しかも、「復讐している」というのは、現在進行形にも受け取れる。霊《れい》となった福士の姉は、復讐している最中《さなか》なのかもしれない。

STORY
046

おまじない

『誰《だれ》にも見られずに、初代学園長の銅像の頭を撫《な》でると、恋《こい》が叶《かな》う』

初代学園長が、一途《いちず》に想《おも》う人と結ばれたという運命や奇跡《きせき》にあやかったおまじないだ。

好きな人に彼女《かのじょ》ができてしまったけれど、略奪愛《りゃくだつあい》上等！

両想いになれるのであれば、神様どころか悪魔《あくま》にだってお願いするつもりだ。

藁《わら》にもすがる思いで、中庭に向かう。

周囲に誰もいないことを確かめ、銅像の頭に手を伸《の》ばした。

「願いを叶えてもらうには、等価交換《こうかん》が必要らしいですよ」

銅像の裏からひょっこり現れたのは、学園長の富士田《ふじだ》だった。

学園長ですら信じているおまじないならば、信憑性《しんぴょうせい》が高い。

私は学園長のアドバイスを聞き、俄然《がぜん》ヤル気になった。

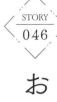

人の気持ちを捻《ね》じ曲げ、自分のことを好きにさせるということは、人一人の運命を変えるのと同じ。であれば、「等価交換」の対価は、誰か一人の命ということになる。ヤル気満々の語り手はもちろんのこと、願い事がありそうな学園長にも、薄気味悪《うすきみわる》さを感じる。

STORY
047

赤い糸

中庭にある大きな楠《くすのき》の下で告白すると、赤い糸で結ばれるという。
ただの伝説だってわかっている。
それでも、少しぐらい希望を持ちたい。
私は楠の下で、必死に祈《いの》った。
けれど、私の願いはなかなか叶《かな》わない。
結局のところ、なんでも自分の努力次第だ。
私は自分の力で赤い糸を——いいえ、決して千切れないよう赤い紐《ひも》で結んだ。
それでも、この楠のお陰《かげ》で勇気が出たことは間違《まちが》いない。
揺《ゆ》れる楠を見上げたあと、「ありがとう」と感謝する。
その様子を黙《だま》って見下ろすキミに笑顔を向けた。

告白とは隠《かく》していた心の中を打ち明けること。
愛の告白とは限らない。語り手は、殺したい相手を赤い紐で結び、
楠の枝に吊《つ》るして（首吊り状態で）殺したようだ。

STORY 048

嫉妬心《しっとしん》にはあらがえない

家庭科室の窓の外で、猫《ねこ》や鳥が死んでいると大騒《おおさわ》ぎになっていた。

「まさか……」

昨日のことが頭を過《よぎ》る。

夕方、家庭科室から出てきた幸代《さちよ》に声をかけられた。

甘《あま》い匂《にお》いをさせる彼女《かのじょ》の手には、彼《かれ》が大好きなレーズン入りクッキーがあった。

彼にあげるのだと思った瞬間《しゅんかん》、無意識にクッキーを奪《うば》い、窓から捨てていた。

ハッと気がついた時にはもう遅《おそ》い。

癇癪《かんしゃく》をおこした子供のような行動が恥《は》ずかしくて、その場から逃《に》げた。

「レーズンって猫にとっては毒だったよね……」

嫉妬心からの衝動《しょうどう》で、動物の命を奪《うば》ってしまった事実が胸に重くのしかかる。

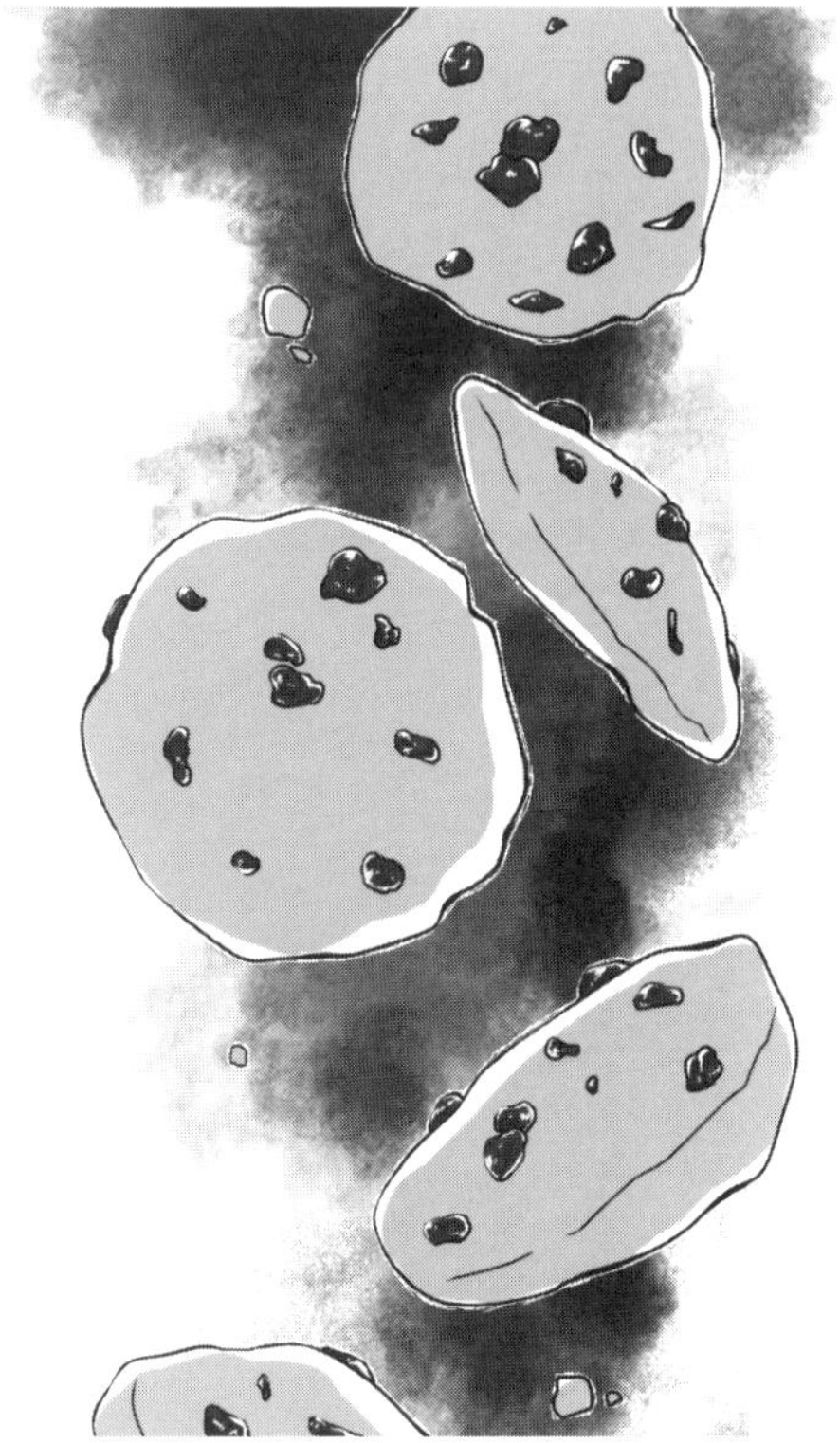

たしかにレーズンは猫にとって毒になる可能性があるものの、
鳥には問題ない。けれど、鳥も死んでいることから、
この場合、クッキー自体に毒が入っていた可能性が高い。

STORY 049

タイミング

部活が雨で中止になった。
俺《おれ》は一人、筋トレとピロティでリフティングの練習をする。
五十回を超《こ》えたところで、失敗し、ボールはピロティの外へと転がっていく。
追いかけた先には、長い髪《かみ》の女子生徒が佇《たたず》んでいた。
目と目が合った瞬間《しゅんかん》、胸が掴《つか》まれたような衝撃《しょうげき》を覚え、立ち止まる。
ボールはそのまま女子生徒を通り過ぎていった。
「これ、あなたのボールですよね」
目の前に差し出されたボールに気がつき、顔をあげる。
傘《かさ》を傾《かたむ》けながらはにかむ女の子がいた。
お礼を言ってボールを受け取る間に、気になる彼女《かのじょ》はいなくなっていた。

ボールは長い髪の女子生徒の前や横を通り過ぎているのではなく、
彼女の体を通り過ぎている。
しかも、雨の中、傘をさしている様子もない。
つまり、長い髪の女子生徒には実体がない。

STORY 050

親切な彼女《かのじょ》

高校生と言えば、まだまだ育ち盛りだ。

お弁当だけでは足りないので、購買《こうばい》でパンや焼きそばを買っている。

「うわ。出遅《でおく》れた」

今日は数量限定の牛肉コロッケバーガーの販売《はんばい》日だ。

日直だった俺《おれ》は、四時間目の授業が終わると、黒板を消してから購買に急ぐ。

購買の前には長蛇《ちょうだ》の列が出来ていた。

がっくりと肩《かた》を落とす俺の目の前に、牛肉コロッケバーガーが差し出された。

「木曜日はいつもコレだよね」

ニッコリ微笑《ほほえ》む女子生徒に、お礼を言ってパン代を渡《わた》す。

スマートに立ち去る彼女を見送ったあと、名前すら聞いていないことに気がついた。

名前すら知らない女子生徒が、何故《なぜ》、語り手が数量限定の牛肉コロッケバーガーを毎週買っていることを知っているのだろうか。名前も言わずに立ち去ったところから、語り手と直接仲良くなりたいわけではなさそうだが、常に行動を監視《かんし》しているようで怖《こわ》い。

STORY 051

校訓の由来

学園長室に入った時、日本刀が目に入った。

「私の高祖父……初代学園長のもので、代々受け継《つ》がれているんですよ」

興味津々《きょうみしんしん》で見つめていると、室内にいた学園長が説明してくれた。

「初代学園長ってお寺の住職だと聞きましたが……」

「ええ。その刀は新たな道を切り開くキッカケとなった人のものだそうです」

「それで武士道精神を感じさせる校訓なんですね」

「そうかもしれません」

「でも、銃刀法違反《じゅうとうほういはん》にはならないんですか？」

「ちゃんと登録してありますよ。ですが、刀の錆《さ》びが酷《ひど》いので……」

学園長は憂《うれ》いを帯びた表情で日本刀を手に取った。

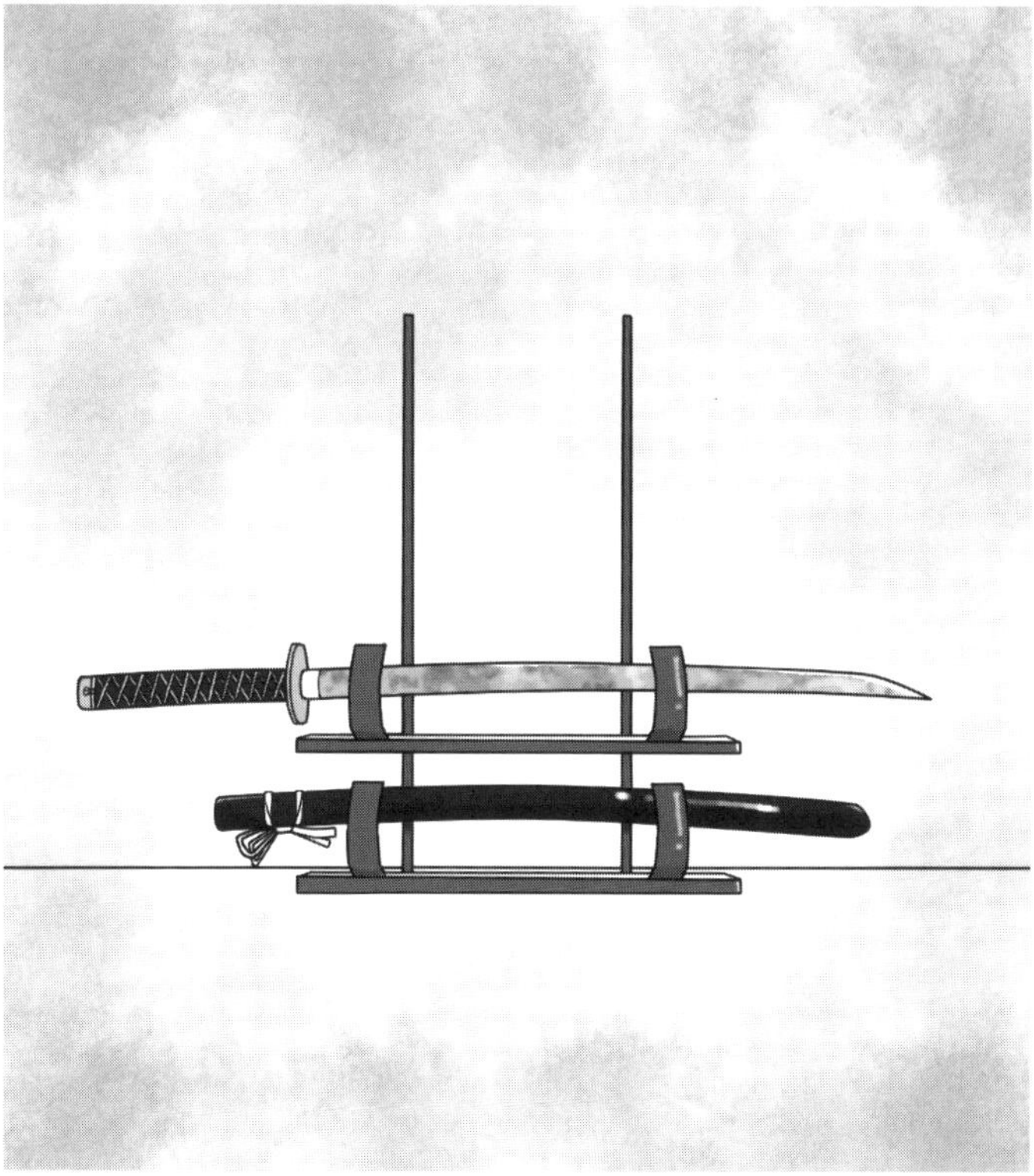

『刀の錆びにしてやる』という言葉は、
人を斬《き》ることの比喩《ひゆ》表現だ。
錆びが酷い＝代々受け継がれている刀は
使われた可能性があるということ。一体誰《だれ》を斬ったのだろうか。

STORY
052

罪と罰《ばつ》

生徒指導室の前に立つ。

病院の診察室《しんさつしつ》に入る前のような気分だ。

覚悟《かくご》を決めて中に入れば、担任の福士《ふくし》が無表情で座っていた。

「呼ばれた理由はわかっていますよね？」

冷たい声にぎゅっと心臓が掴《つか》まれるが、目をそらさず口を開く。

「ただの喧嘩《けんか》です。いじめなんかじゃありません」

きっぱり言い切り、踵《きびす》を返す。

引っかいたような傷が無数についた扉《とびら》を見て、ぎょっとする。

「まだ話の途中《とちゅう》ですよ。勝手に退室しないでください」

振《ふ》り返ると、ドアノブを掴んでいる福士が、呆《あき》れたようにため息を吐《つ》いた。

福士は座っている。その状態で掴んでいるものは、
意図的に外した生徒指導室の内側についていたドアノブ。
つまり、福士がドアノブを直さない限り、部屋から出られない。

STORY
053

祈《いの》り

創立者が僧侶《そうりょ》であったことから、学園内には礼拝室がある。

宗教、宗派を問わず、利用することが可能なので、毎日使用している人もいる。

衣斗《いと》は信心深いタイプではないが、いじめに加担したことに罪悪感を覚えていた。

自己満足だとわかっているが、気持ちの整理をつけようと思い、礼拝室を訪れる。

使用中だったが、すぐに部屋から学園長が出てきた。

「こんにちは。学園長がお祈りしていたんですね」

「はい。学園や地域の繁栄《はんえい》を願って、供物《くもつ》を捧《ささ》げてきました」

学園や地域といった、自分以外の人たちのために祈ったという学園長に感動する。

礼拝室に入れば、小さく殺風景な室内に、ペンタグラムの壁掛《かべか》けだけが唯一あった。

逆さまになっていた壁掛けを直したあと、衣斗は幸代《さちよ》のために祈った。

ペンタグラム（五芒星《ごぼうせい》）は、逆向きになると西洋では「悪魔《あくま》の象徴《しょうちょう》」と呼ばれている。しかも、学園長は供物を捧げて祈ったというのに、室内には供物がある様子がない。学園長がお願い事を祈った相手というのが、神ではなく、悪魔だとしたら、供物というのは生贄《いけにえ》で、すでに悪魔が平らげてしまったあとだったのかもしれない。

STORY 054

鮮《あざ》やかな景色

教師の仕事も楽じゃない。

授業を行うだけでなく、授業の準備にテスト問題の作成。

クラス運営に、生徒の悩《なや》み相談や進路指導と多岐《たき》にわたる。

生徒にも保護者にも慕《した》われるよう、仮面をつける毎日だ。

正直言って、時間にも心にも余裕《よゆう》はない。

それでも、目的や目標があるから教師を続けられる。

一仕事を終え、屋上の手摺《てす》りから顔を覗《のぞ》かせた。

鮮やかな景色に、気分が高まる。

「頑張《がんば》ってきた甲斐《かい》があった」

大きく伸《の》びをし、「次も頑張ろう」と気合を入れた。

手摺りから顔を覗かせたということは、
屋上から下を覗き見ているということ。
鮮やかな景色というのは、誰《だれ》かが飛び降りて、
鮮血《せんけつ》が飛び散っている様子なのかもしれない。

STORY 055

不法投棄《とうき》

学園の中庭は憩《いこ》いの場だ。

芝生《しばふ》に花壇《かだん》、ベンチや池まであり、晴れた日のお昼休みには多くの生徒で賑《にぎ》わう。

けれど、なぜか夕方になると、ほとんど誰《だれ》も来なくなる。

ある日、部活が終わったあと、中庭を横断していた瑤子《ようこ》は、福士《ふくし》の姿を見かけた。

「福士先生、何しているんですか？」

背後から声をかけると、福士はビクリと体を震《ふる》わせて振《ふ》り返った。

「あー……池に絵を沈《しず》めようかと……」

そう言いながら、福士は自分の肩《かた》に担《かつ》いでいる大きな荷物に視線を向けた。

「中庭の池にそれを沈《しず》めるってことですか？　不法投棄は絶対に駄目《だめ》ですよ」

ルールには年齢《ねんれい》も立場も関係ないので、瑤子は福士を注意した。

「池に絵を沈める」というのは、「生贄《いけにえ》を沈める」ということ。肩に担いでいる大きな荷物というのは、絵ではなく、人間のようだ。

STORY
056

いつでも彼女《かのじょ》は一歩先を行く

登校すると、担任から全校朝礼が行われると告げられた。
朝からダルいなと思いながらクラスメイトたちと一緒《いっしょ》に廊下《ろうか》に並ぶ。
見渡《みわた》すと、親友の絵里奈《えりな》の姿がない。
遅刻《ちこく》や休みなのだろうと思い、そのまま講堂へと移動する。
何故《なぜ》か一番目立つ場所に絵里奈の顔があった。
不思議に思っていると、壇上《だんじょう》に立った理事長の口から絵里奈への賛辞《さんじ》が述べられる。
「嘘《うそ》でしょ」
昔から絵里奈は同年代の中で勉強でもスポーツでも一歩先を行っていた。
だからと言って、何も言わずに先に行くなんて――。
静かに目を瞑《つぶ》れば、涙《なみだ》が零《こぼ》れ落ちた。

全校朝礼で一番目立つ場所は壇上。けれど、絵里奈は表彰《ひょうしょう》されたり、何かを発表したりするために壇上に上がっていたわけではなく、遺《い》影《えい》が壇上に飾《かざ》られていた。理事長が口にした賛辞というのは、故人（絵里奈）に対しての追悼《ついとう》文のようだ。

STORY
057

恋《こい》の公式

数学の授業は眠《ねむ》くなる。
窓際《まどぎわ》の一番後ろの席に座る私は、うたた寝《ね》をしてしまった。
カチカチッとシャープペンシルをノックする音で目が覚める。
左を向けば、隣《となり》の席に座る夕菜《ゆうな》がノートに何かを書いていた。
見れば、51＋51と45＋19と、簡単な足し算だ。
51＋51の隣には＝62、45＋19の隣には＝64と、答えが書いてある。
私は思わず、「足し算間違《まちが》ってるよ。102と64だよ」と夕菜にツッこんだ。
すると、彼女《かのじょ》が振《ふ》り向いた。
「ううん。恋《51》足す恋《51》は両想い。それって、お互《たが》いが無二《62》の存在ってことでしょう？」
悲しげに微笑《ほほえ》む彼女に、私はハッとなった。

夕菜が書いた計算式は、５１を『恋』として答えを導いていた。であれば、４５と１９も、『死後』と『行く（逝《い》く）』の語呂《ごろ》合わせとして計算した可能性が高い。窓際に座る語り手の左側は窓なのだから、左隣には誰《だれ》もいないはず。けれど、左隣に座っているということは、夕菜は霊《れい》なのだろう。普段《ふだん》、生きている人たちから、無視（６４）される存在であることを数式に表したのかもしれない。

STORY
058

相合傘《あいあいがさ》

終礼が終わると同時にスマホが鳴った。
画面を見ると、彼氏《かれし》の小山田先輩《おやまだせんぱい》からだった。
『今日、幸代《さちよ》は部活なかったよね？　遅《おそ》くなるから先に帰っていて』
文化祭で演奏する曲の練習に熱が入っているようだ。
小山田先輩の言葉に甘《あま》えて、帰り支度《じたく》をする。
ふと窓の外を見れば、さっきまで晴れていたのに雨が降り出していた。
昇降口《しょうこうぐち》から校門まで続く道に、色とりどりの傘の花が咲《さ》く。
相合傘をしているカップルもいる。
私は昇降口に急ぎ、雨の中、折りたたみ傘をさした。
タイミングよく小山田先輩と目が合い、嬉《うれ》しくなって微笑《ほほえ》んだ。

昇降口に急いだ語り手は、相合傘をしているカップルの一人に傘を「刺《さ》した」。昇降口を出たところで部室にいるはずの彼氏と目が合ったということは、相合傘をしていたのは、彼氏と見知らぬ女子生徒。彼氏が浮気《うわき》していると思い、逆上したようだ。

STORY
059

逆壁《かべ》ドン

サッカー部のエースでありながら、気さくで明るい剛史《つよし》は男女問わず好かれる人気者だ。お陰《かげ》で、なかなか一人にならない。

何度かすれ違《ちが》ったりはしているけれど、私と彼《かれ》とは年齢《ねんれい》が違《ちが》う。

接点といえば、彼の母親くらいだ。

どうアタックしようかと悩《なや》んでいると、タイミングよく剛史が一人で歩いていた。

「ほら、姉さん。チャンス到来《とうらい》！　当たって砕《くだ》けろだよ」

弟に背中を押《お》され、私は剛史の前に飛び出した。

驚《おどろ》いて飛び退《の》いた剛史が、壁に背をつけた。

私は彼に向かって力強く手を突《つ》き出し、逆壁ドンをする。

当たって砕けた様子を見ていた周囲から歓声《かんせい》があがった。

「当たって砕けた」というのは、成功するかどうか関係なく、思いきってやってみた結果、失敗したという意味ではない。壁に背をつける剛史ごと、力強く手で壁を殴《なぐ》った結果、剛史の顔面が砕けたということ。周囲からあがった声も、歓声ではなく、悲鳴なのだろう。

STORY 060

浮気者《うわきもの》

別にモテることが悪いわけではない。一途《いちず》であればそれでいい。
けれど、残念ながら私の彼氏《かれし》は浮気性だ。
あっちへフラフラ、こっちへフラフラ。
甘《あま》い蜜《みつ》に誘《さそ》われて、花から花へ舞《ま》う蝶《ちょう》のように浮気をする。
何度も別れ話を切り出した。
そのたびに、あなたに言いくるめられてきた。
それも今日で終わりだね。
見知らぬ女子生徒から呼び出されたと聞いた時点で嫌《いや》な予感はしていた。
こっそり呼び出された空き教室を覗《のぞ》く。
揺《ゆ》れ動く彼の姿を目にした途《と》端《たん》、諦《あきら》めるしかないと悟《さと》った。

彼は見知らぬ女子生徒と語り手との間で心が揺れ動いているのではなく、物理的に体が空き教室の中で揺れて動いていた。諦めるしかないということは、もはや彼は蘇生《そせい》できる状態ではないのだろう。

STORY
061

二人の関係は

三者面談の日。

廊下《ろうか》で母を待っていると、先生がやって来た。

先生の隣《となり》には、見たことのない女子生徒がいる。

制服のリボンが微妙《びみょう》に違《ちが》う。

季節外れの転校生かと思っていると、背後から聞き慣れた声がした。

「福士《ふくし》さん……？」

振《ふ》り返ると、母が驚《おどろ》いた顔をして立っていた。

「驚きましたか？　彼女《かのじょ》とは『きょうだい』なんです」

よく見れば、二人は似ている。

けれど、見た目が親子ほど違う二人の関係よりも、母と先生の関係が気になった。

語り手の母は福士先生ではなく、女子生徒を見て驚いている。しかも、福士先生と女子生徒が、兄妹ではなく、姉弟の関係だとしたら……。三人の関係が気になる。

STORY 062

悪ふざけ

「あれ？　私の席のうしろに机と椅子《いす》を置いたのは誰《だれ》？」

席に着くや否《いな》や、衣斗《いと》が大きな声をあげた。

もともと衣斗のうしろは夕菜《ゆうな》の席だというのに、いまさら何を言っているのだろう。

もしかしたら、夕菜がいない隙《すき》に悪戯《いたずら》を仕掛《しか》けようと思ったのだろうか。

くだらないなと思い呆《あき》れていると、何故《なぜ》かみんなして衣斗の悪ふざけにのっかり始めた。

「椅子や机を増やすなんて、斬新《ざんしん》な悪戯だな。誰がやったんだよ」

「そんなこと言ってる場合か？　担任が来る前に片付けないと怒《おこ》られるぞ」

衣斗たちが夕菜の机と椅子を教室の外へと運びだそうとした。

「ちょっと待ってよ。夕菜の席をどうするつもり？　いじめは絶対によくないよ」

勇気を出して注意すれば、みんながギョッとしたような顔で固まった。

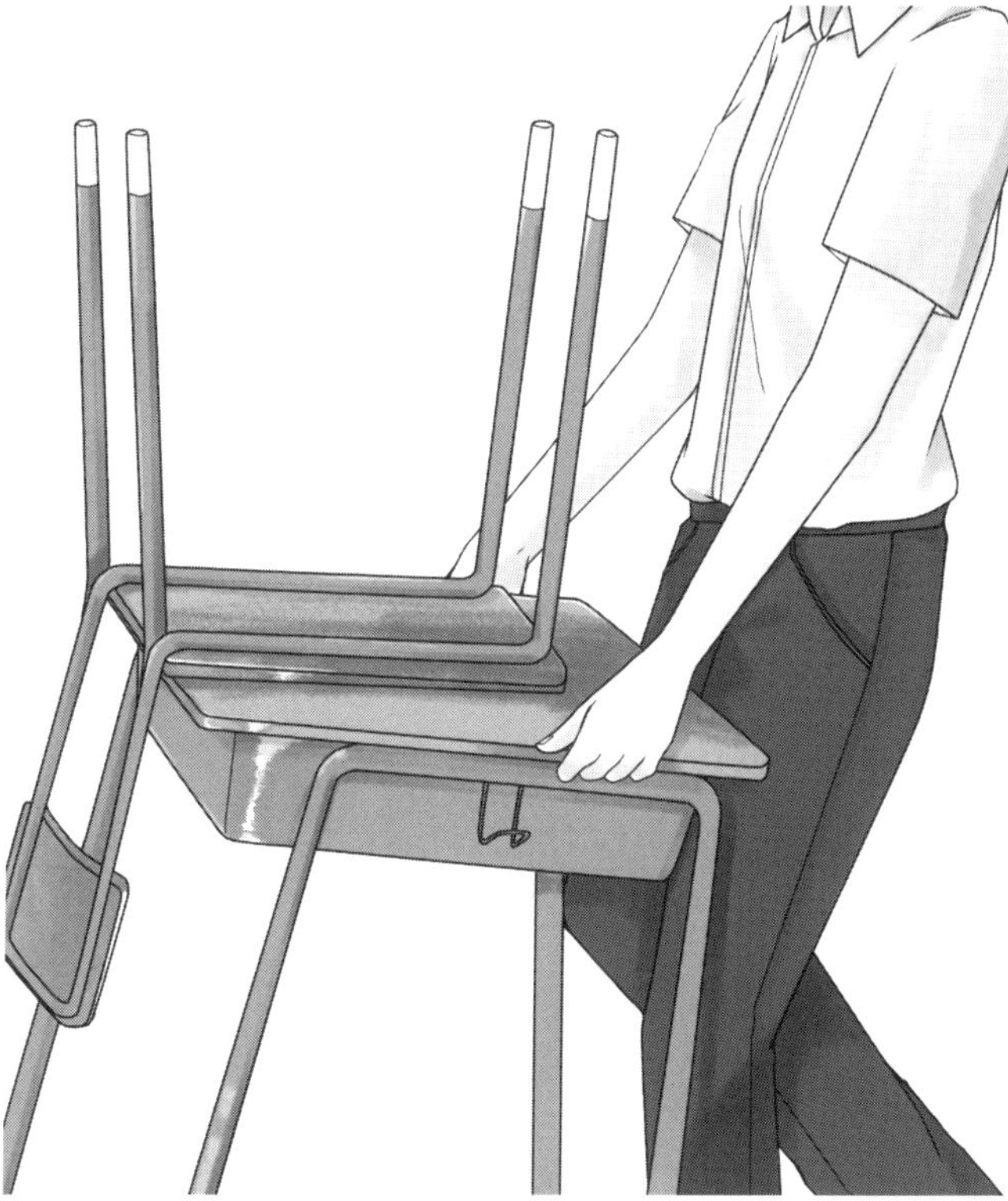

クラスメイトたちは、たんなる悪ふざけだと思ってやった行為《こうい》が「いじめ」だと指摘《してき》されてギョッとしたのではない。語り手が、存在しない夕菜の席（机と椅子）だと主張し、いままでもずっと衣斗のうしろに席があったと言っていることにギョッとしている。

STORY
063

避《ひ》難《なん》訓練

火事を想定した避難訓練が始まり、アナウンスの指示に従い廊下《ろうか》を進む。

うちの学園は、火事が起きると自動的に防火扉《とびら》が閉じるようになっている。

瑤子《ようこ》はみんなと同じように、防火扉に手をかけた。

「この引っかきキズ……」

「二十五年前の火災で逃《に》げ遅《おく》れた生徒が、ここまで逃げてきて力尽《ちからつ》きたのかもよ」

立ち止まる瑤子に、衣斗《いと》が背後から怖《こわ》いことを言う。

「その生徒は身動きできずに重傷《じゅうしょう》を負い調理室で亡《な》くなった。そのキズとは関係ないぞ」

振《ふ》り返ると、福士《ふくし》先生がいた。

「馬鹿《ばか》なこと言っていないで早く進みなさい」

呆《あき》れた顔の福士先生にせっつかれ、瑤子と衣斗は防火扉の先へと進んだ。

二十五年前の火災で亡くなった生徒は、「身動きできずに重傷を負った」――つまり、何者かによって身動きできない状態にされ、重傷を負わされたということ。二十五年前の火災は、被害者《ひがいしゃ》に重傷を負わせた生徒が証拠隠滅《しょうこいんめつ》のために放火したのではと想像できる。福士先生は、何故《なぜ》、その事実を知っているのだろうか。

STORY
064

眠《ねむ》る人

友情も恋愛《れんあい》も、何もかもがめちゃくちゃだ。
学校内でのトラブルが多く、先生たちも妙《みょう》にソワソワしている。
こんな状態じゃあ、勉強なんて手につかない。
私ははじめて授業をサボることにした。
ドキドキしながら、校舎の奥《おく》まった場所へ移動すると、古びた扉《とびら》を見つけた。
「こんなところに扉なんかあった？」
ドアノブに手をかける。鍵《かぎ》はかかっていない。
警戒《けいかい》しながら扉を開けて中に入ると、投げ出された華奢《きゃしゃ》な手足が目に入る。
その顔を見れば真っ白だ。
驚《おどろ》いた私は、急いで職員室に駆《か》け込《こ》んだ。

部屋の中にいた華奢な手足を持ち、真っ白な顔をしている人は、体調不良やサボって寝《ね》ている生徒ではなく、白骨死体。語り手が保健室ではなく、職員室に駆け込むのも頷《うなず》ける。

STORY 065

学級閉鎖《へいさ》

朝礼が始まった。

担任の先生が出席確認をとっていく。

名前を呼ばれた生徒は、みんな返事をする。

最後に呼ばれた瑤子《ようこ》は、返事をしてから手を挙げた。

「若石《わかいし》さん、どうしましたか？」

教室には空席が目立つ。

ざっと数えて十人以上いない。

瑤子は思い切って聞いてみることにした。

「今日は学級閉鎖にならないんですか？」

担任は呆《あき》れたような顔をして首を横に振《ふ》った。

出席確認は名簿《めいぼ》に載《の》っている生徒全員の名前を呼ぶ。名前を呼ばれた生徒は、みんな返事をしているということは、名簿に載っている生徒全員出席しているということ。空席には、瑶子にだけ見えない生徒が出席しているのか、それとも、空席になった席にいた生徒たちは、なんらかの理由で名簿から削除《さくじょ》されたのか。どちらにしても不気味でしかない。

STORY
066

逆恨《さかうら》み

「先生のせいで絵里奈《えりな》は屋上から飛び降りたんだっ！」

帰り際《ぎわ》、わざわざ駐車場《ちゅうしゃじょう》で待ち伏《ぶ》せしていた衣斗《いと》に、福士《ふくし》は難癖《なんくせ》をつけられた。

「赤名《あかな》さん、いったいどういうことですか？」

「あの日、先生は絵里奈から屋上に呼び出されて、告白されたんでしょ？」

「ええ。ですが、きっぱり断りました」

「なんで？　絵里奈、本気で先生のことを好きだったんだよ？」

失恋《しつれん》のショックで自殺したのだから、間接的に福士が絵里奈を殺したと言わんばかりだ。

「本気で好きだからなんだって言うんです？　君たちの親は姉の仇《かたき》だ。顔も見たくない」

怒《いか》りのあまり、衝撃《しょうげき》の事実を口にした福士は、驚《おどろ》き固まる衣斗の横を通り過ぎる。

福士は車に乗り込《こ》むと、衣斗の姿形が見えなくなるまでアクセルを踏《ふ》み込んだ。

「姿が見えなくなるまで車を走らせた」のではなく、「姿形が見えなくなるまでアクセルを踏み込んだ」ということは、車で衣斗の姿形（顔や体）がグチャグチャになるまで轢《ひ》いたということ。前進後退を何度も繰《く》り返すほど、福士の怒《いか》りは強かったようだ。

STORY
067

見たくなかった光景

急に部活がなくなった。

一緒《いっしょ》に帰ろうと思い、緊張《きんちょう》しつつも一学年上の彼氏《かれし》の教室まで急いだ。

教室を覗《のぞ》くと、すでに誰《だれ》もいないようでガランとしている。

がっくりと肩《かた》を落としたところで、カーテンの中に男女がいることに気がついた。

その時、風でカーテンが舞《ま》い、翔《しょう》と瑤子《ようこ》がキスをしている姿が露《あら》わになる。

ショックのあまり声を失い、幸代《さちよ》はその場に立ち尽《つ》くす。

「妻と村の権力者との浮気《うわき》を知った才念《さいねん》は、嫉妬《しっと》で炎《ほのお》を燃やし、0からやり直しました」

いつの間にか横にいた学園長に、「君は彼の浮気を知って、どうしたい?」と訊《き》かれた。

「瑤子は彼のことがずっと好きだったらしいので……二人の背中を押《お》して、祝福します!」

学園長に向かって晴れやかな笑顔で宣言し、私は二人に突進《とっしん》した。

「嫉妬の炎を燃やす」であれば、嫉妬心が激しく渦《うず》巻いている表現だが、「嫉妬で炎を燃やした」ということは、才念は浮気が許せず、妻や浮気相手を燃やしたのだろう。そして、「二人の背中を押して」というのは、幸代が身を引き、二人が付き合うよう協力するのではなく、物理的に二人の背中を手で押すということ。二人は開いた窓のそばにいるので、そのまま落下する可能性が高い。才念と同じく、幸代も浮気を許せないタイプのようだ。

STORY
068

資料室

復習を終え、教室を出たところで担任の福士《ふくし》に手伝いを頼《たの》まれた。

このあと、用事はないので快諾《かいだく》する。

福士が持ってきていた台車に荷物を載《の》せて、資料室へ向かう。

「臼井《うすい》さん、すっきりした顔をしているね」

「はい。悩《なや》み自体が無くなったので……なんだかとっても心が軽いです」

和《なご》やかに会話をしているうちに、あっという間に資料室についた。

鍵《かぎ》をあけ、中に入ると、衣斗《いと》や絵里奈《えりな》の他に数人の生徒たちがいた。

「学園長から、ここにいる人は、創立記念式典の主役にしたいって聞いています」

「え？　じゃあ、奥《おく》にいる夕菜《ゆうな》は？」

資料室の奥にいた夕菜が二人に気がつき、「私が主役よ」と言って微笑《ほほえ》んだ。

資料室の中にいたのは、死んだ人たちばかり。しかも、資料室の中にいる人を「『創立記念式典』の主役にしたい」と学園長が言っているのにもかかわらず、夕菜は自分が「主役」だと言っている。もしも、「主役にしたい」が「主役に死体」だとすれば、資料室は死霊室《しりょうしつ》なのかもしれない。死体や死霊を使う創立記念式典を想像すると、おぞましい。

STORY
069
リサイクル

周囲を見渡《みわた》せば、あちこち汚《よご》れやヒビが目立っている。

二十五年ぶりに大規模な修復作業が必要だ。

在校生名簿《めいぼ》をめくり、決意を新たにする。

「未来永劫《えいごう》、この学園を存続させるために必要なことですからね……」

学園長自《みずか》ら率先《そっせん》して作業を行えば、大量のゴミや屑《くず》がでた。

ゴミ収集場所の前で足を止める。

「燃やすゴミ、埋《う》めるゴミ……」

この環境《かんきょう》を守るためにはリサイクルが肝心《かんじん》だ。

「どんなものでも無駄《むだ》にはできません」

学園長はひとつひとつ丁寧《ていねい》に仕分けした。

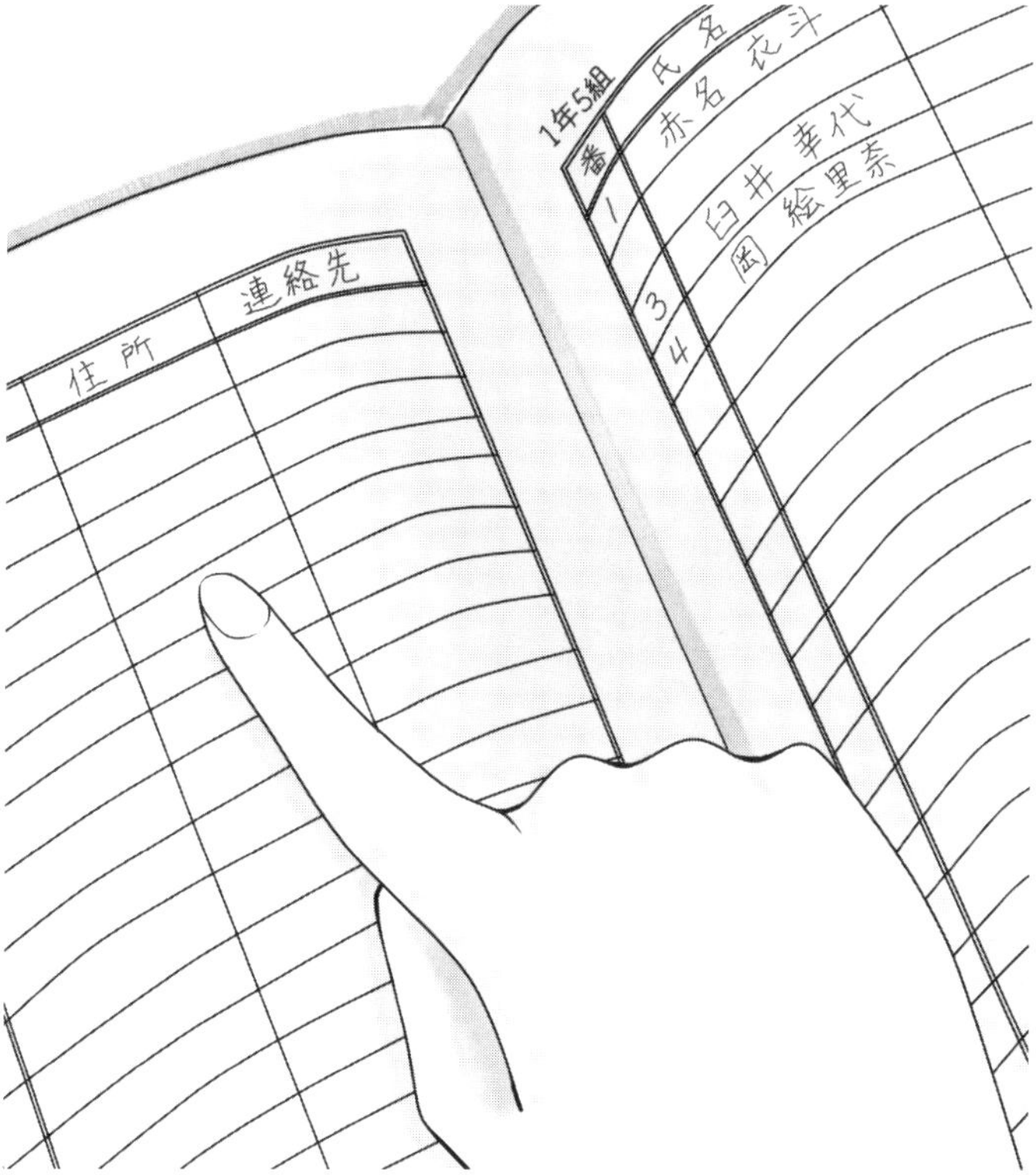

リサイクルはゴミを再資源化して、新しい製品の材料として利用することだが、学園長が仕分けしているものが、普通《ふつう》のゴミや屑ではなく、在校生名簿でチェックした問題児だとしたら——。燃やすゴミ、埋めるゴミとして分類された生徒は、燃やされ、埋められてしまうのだろう。そして、リサイクルに仕分けされた生徒も、将来のために更生《こうせい》させるのではなく、大規模な修復作業に使う材料の一部として再利用するつもりなのかもしれない。

STORY 070

怖《こわ》い噂《うわさ》

福士《ふくし》は、隣《となり》のクラスの担任をしている男性教師と一緒《いっしょ》に、学校内の見回りをしていた。

「なんで我々が、夜なんかに学校の見回りなんかしなきゃいけないんですかねえ」

「仕方ありませんよ。最近、自殺や事故、行方《ゆくえ》不明といった事件が続いていますし」

「たかが、幽霊《ゆうれい》がでるっていう噂で、こんなに神経質にならなくても……」

「その幽霊が意外と危険だったりするんですよ」

廊下《ろうか》を歩きながら文句を言う同僚《どうりょう》を福士が宥《なだ》めている間に、目的の場所に着いた。

窓に向かって懐中《かいちゅう》電灯を向けると、窓の外に焼けただれた人の顔がいくつもある。

「服装からして、昔の人たちですかね？」

「そうですね。まあ、この霊たちなら誰《だれ》が見ても心配なさそうですね」

福士と同僚の教師は頷《うなず》き合い、学校の見回りを続けた。

幽霊がでる原因——つまり、学校側が人を殺しているからこそ、幽霊がでるという噂に神経質になっている。けれど、福士たちが確認した霊は昔、この土地で死んだ人の霊なので、自分たちが殺した人の霊ではない。福士たちは自分を含む学校側の罪がバレないと思い、安心したのだろう。

STORY 071

創立百二十五周年の行事

今年、宇良和色乃《うらわいろの》学園は創立百二十五周年を迎《むか》える。

ここまでくるのに、いろいろなことがあった。

二十五年前——父が学園長の時に行われた創立百周年の行事だってそうだ。

生徒たちの血と涙《なみだ》と汗《あせ》の結晶《けっしょう》によって成功した。

百二十五周年はもっと盛大にやらなければというプレッシャーがある。

手始めに、旧校舎を多目的に使えるよう、大きなホールに建て替《か》えるつもりだ。

「学園長、こんなに柱が必要なんですか？」

設計図を見ながら、職員たちが困惑《こんわく》したような顔をする。

「地域の発展にも繋《つな》がることですから……先代と同じく、念には念を入れなくてはね」

柱を埋《う》める位置、一つ一つに意味があることを説明し、柱を調達するよう指示をした。

二十五年前の行事は、生徒たちの血と涙と汗の結晶で成功したという。その「血と涙と汗の結晶」というのが、生徒たちの努力の積み重ねという比喩《ひゆ》表現ではなく、物理的なことを意味しているのだとしたら——。建物の材料を調達するのは、業者の仕事だ。それなのに、職員たちに柱の調達を命じたということは、その柱は人柱《ひとばしら》のことなのかもしれない。

STORY
072
人文字航空写真

創立百二十五周年記念行事として、全校生徒で航空写真を撮《と》ることになった。

撮影《さつえい》スタッフが校庭で人文字を作るためのラインを引く。

すでに人文字のデザインは決まっているが、念のため、学園長が屋上から確認する。

撮影スタッフと学園長とのやり取りはスマートフォンだ。

「学園長。この校庭の形ですと、縦書きは厳しそうです」

「では、横書きで『うらわいろの』とお願いします」

指示に従い、文字のラインを引こうとした撮影スタッフに「まった」をかける。

「開校時はひらがなを右から左に書いていたはずなので、同じように書いてください」

「わかりました」

校庭に大きく書かれた学園の名前を見て、学園長は満足げに頷《うなず》いた。

「うらわいろの」という人文字を、横書きで右から左に読むように作成したことを知っているのは、撮影スタッフと学園長だけ。横書きの文章を、左から右に向かって読むことに慣れている生徒たちは、撮影された人文字を見て、「のろいわらう」と読んでしまうだろう。「のろいわらう」は「呪《のろ》い笑う」と漢字に変換《へんかん》できるだけに、学園長の指示が、それを狙《ねら》ったものだとしたらゾッとする。

STORY

073

後《こう》夜《や》祭《さい》

創立百二十五周年記念行事のフィナーレを飾《かざ》るのは、ファイアーストームだ。
運動場の中央に、いらなくなったものや火種《ひだね》になるものを組んでいく。
計算通りに組んでいかないと、大事故に繋《つな》がる可能性がある。
図面を見ながら、慎重《しんちょう》に組み終えたあと、学園長の号令で火矢が放たれた。
途端《とたん》、大歓声《だいかんせい》が沸《わ》き起こる。
皆《みな》、大きな声を上げて、踊《おど》りだす。
ドーナツ状に燃え広がる炎《ほのお》を見下ろし、学園長はホッと息を吐《は》く。
「無事に終わったな」
才念和尚《さいねんおしょう》が村中を巻き込《こ》んで行ったものよりも規模は小さくとも、熱意はある。
多くの生徒たちのお陰《かげ》で、この学園はさらなる発展を遂《と》げるだろうと手応えを感じた。

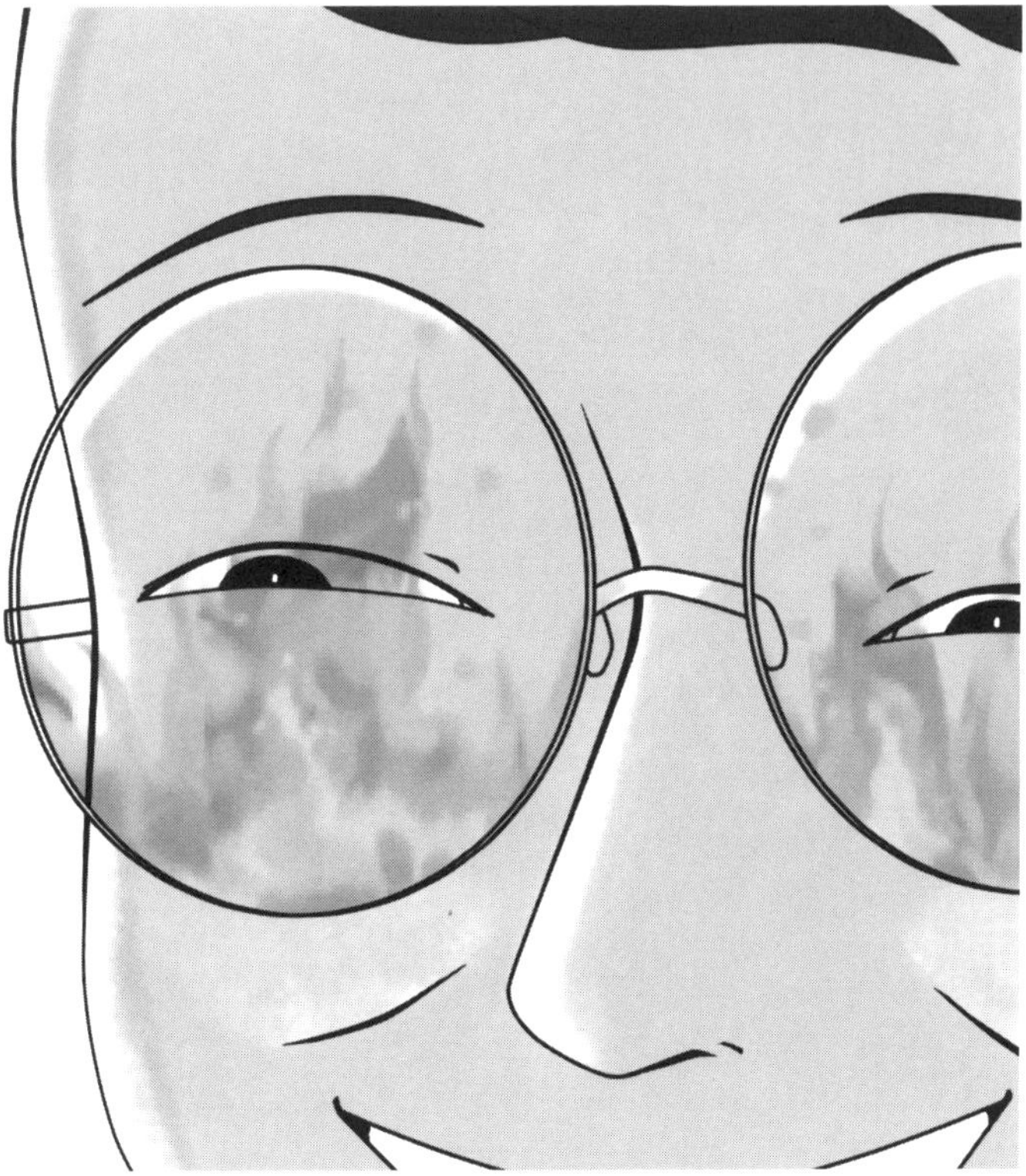

ドーナツ状に炎が燃え広がるということは、炎を囲んでいる生徒たちが燃えているということ。大歓声は悲鳴、踊りは熱さでのたうち回っている姿。トラブルの火種になるような生徒はいらないので、学園の発展のために生贄《いけにえ》として燃やされたようだ。

STORY 074

お別れ

「もう、この学園でやり残したことはないわ。これでお別れね」

裏門の前で女子生徒が晴れ晴れとした笑顔を見せる。

私は「嫌《いや》だ」と言って手を伸《の》ばすが、彼女《かのじょ》の腕《うで》にかすりもしない。

虚《むな》しく空気を掴《つか》んだ拳《こぶし》を見て、思わず涙《なみだ》を流す。

いじめに遭《あ》っていた私が、絶望せずにいられたのは彼女のおかげだ。

ようやく、お互《たが》いの目標が達成したのに、彼女は学園を卒業できない。

ひっそりと去る彼女に対し、何もしてあげられない自分が不甲斐《ふがい》ない。

けれど、恩人であり、同志であり、友人でもある彼女に、たった一言伝えたい。

「ありがとう。それと、おめでとう」

涙《なみだ》と鼻水でぐちゃぐちゃになった顔で笑って言えば、彼女もまた同じ言葉を私にくれた。

「伸ばした手は、彼女の腕をかすりもしない」ことから、彼女は実体のない幽霊《ゆうれい》のようだ。そうであれば、学園を卒業できないほど悪いことをしたから、彼女はひっそりと去らなくてはいけなかったのではなく、この学園でやり残したことをすべて終えたからこそ、この世から去る——成仏《じょうぶつ》できるということなのかもしれない。

STORY 075

二十五年後――

学園のシンボル的な存在である『イワイネガロホール』は二十年ほど前に完成した。

空調、照明、温度設定等、ホール内すべてのシステムがＡＩによって制御《せいぎょ》されている。

二十五周年ごとに行われる記念式典をこのホールで行うのは、今日が初めてだ。

生徒や保護者たちだけでなく、予想以上の来賓《らいひん》が参加し、座席はすべて埋《う》まっている。

「臼井《うすい》先生のアイディア通り、ＡＩに計画から集客、行事の進行まで任せて正解でしたね」

「ＡＩの言葉を実行することは、みんな正しいと思っていますから」

「でも、二十五年ごとの大切な儀式《ぎしき》を教え込《こ》むのは大変でしたでしょう？」

「逆を言えば、それだけで、私たち学校側の人間は何もしなくて済みますから」

モニター画面には、ホログラフィーの学園長が壇上《だんじょう》に登場した場面が映し出された。

挨拶《あいさつ》が始まると同時に、大歓声《だいかんせい》が沸《わ》く。ホール内の熱気が画面越《ご》しにも伝わってきた。

一見、『祝い願おう』をもじった、喜びと前向きさを感じさせるホール名だが、『イワイネガロ』を『祝いネがロ』だとすれば、『祝い』という単語の『ネ』の部分を『ロ』に変えると『呪《のろ》い』となる。ホール内のシステムはＡＩによって、すべて制御されている。ホール内を真空状態や高熱にするのもＡＩ次第であり、さらに言えば、そのＡＩを使用する人次第である。ホール内に沸いた大歓声は絶叫《ぜっきょう》、熱気は灼熱《しゃくねつ》のことなのかもしれない。

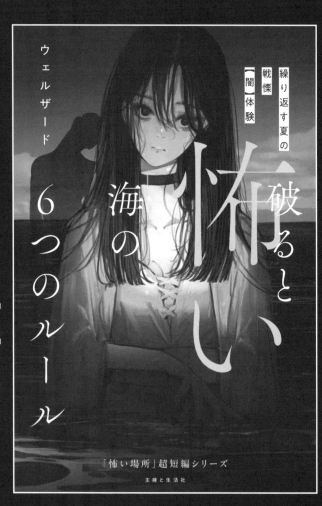

謎が解けると怖いある学校の話

この本を読んでのご意見、
ご感想、ファンレターをお待ちしております

〒104-8357
東京都中央区京橋3-5-7
(株)主婦と生活社 新事業開発編集部
「藤白 圭先生」係

装画 John Kafka
挿絵 青井あい
装丁 川谷康久
本文デザイン 川谷デザイン
DTP 天龍社
編集協力 小林宏匡(エブリスタ)
編集 澤村尚生

[著者略歴]

藤白 圭(ふじしろ・けい)

愛知県出身。日本児童文学者協会会員。物心つく前から母親より、童話や絵本ではなく怪談を読み聞かせられる。その甲斐あってか、自他ともに認めるホラー・オカルト大好き人間。常日頃から、世の中の不思議と恐怖に向き合っている。小説投稿サイト「エブリスタ」で活躍し、2018年のデビュー作『意味が分かると怖い話』(河出書房新社)が大ヒット。以降、シリーズ化され、『意味が分かると慄く話』、『意味が分かると震える話』等、シリーズ累計40万部を突破しており、若い世代を中心に大きな支持を得ている。

X　@yukainaousama

HP https://www.k-fujishiro.com/

[制作協力]

エブリスタ

国内最大級の小説投稿サイト。小説を書きたい人と読みたい人が出会うプラットフォームとして、これまでに約200万点の作品を配信する。大手出版社との協業による文芸賞の開催など、ジャンルを問わず多くの新人作家の発掘・プロデュースを行っている。

https://estar.jp/

※この作品は、フィクションであり、
実際の人物、団体、法律、事件などとは一切関係ありません。

著者 藤白 圭
編集人 栃丸秀俊
発行人 倉次辰男
発行所 株式会社主婦と生活社
〒104-8357
東京都中央区京橋3-5-7
TEL 03-5579-9611(編集部)
TEL 03-3563-5121(販売部)
TEL 03-3563-5125(生産部)
https://www.shufu.co.jp/

製版所 株式会社公栄社
印刷所 大日本印刷株式会社
製本所 株式会社若林製本工場

落丁・乱丁の場合はお取り替えいたします。
お買い求めの書店か、小社生産部までお申し出ください。

ISBN978-4-391-16250-9